Dorfgedichte

rosenheimer raritäten

Dorfgedichte
von der Romantik bis heute

Ausgewählt
von Fritz Pratz

rosenheimer

Matthias Claudius

Der glückliche Bauer

Vivat der Bauer, vivat hoch!
Ihr seht es mir nicht an;
ich habe nichts, und bin wohl doch
ein großer reicher Mann.

Früh morgens, wenn der Tau noch fällt,
geh' ich vergnügt im Sinn,
gleich mit dem Nebel 'naus aufs Feld,
und pflüge durch ihn hin;

Und sehe, wie er wogt und zieht,
rund um mich nah und fern,
und sing' dazu mein Morgenlied,
und denk' an Gott den Herrn;

Die Krähen warten schon auf mich,
und folgen mir getreu,
und alle Vögel regen sich,
und thun den ersten Schrei;

Indessen steigt die Sonn' herauf,
und scheinet hell daher –
ist so was auch für Geld zu kauf,
und hat der König mehr?

Und, wenn die junge Saat aufgeht;
wenn sie nun Ähren schießt;
wenn so ein Feld in Hocken steht;
wenn Gras gemähet ist:

O wer das nicht gesehen hat,
der hat des nicht Verstand.
Man trifft Gott gleichsam auf der That –
mit Segen in der Hand;

Und sieht's vor Augen: wie er frisch
die volle Hand ausstreckt,
und wie er seinen großen Tisch
für alle Wesen deckt.

Er deckt ihn freilich, Er allein!
Doch hilft der Mensch, und soll
arbeiten und nicht müßig sein.
Und das bekömmt ihm wohl.

Denn, nach dem Sprichwort, Müßiggang
ist ein beschwerlich Ding,
und schier des Teufels Ruhebank,
für vornehm und gering.

Mir macht der Böse keine Not;
ich dresch' ihn schief und krumm,
und pflüg' und hau' und grab' ihn tot,
und mäh' ihn um und um.

Und wird's mir auch bisweilen schwer;
mag's doch! Was schadet das?
Ein guter Schlaf stellt alles her,
und morgen bin ich baß;

Und fange wieder fröhlich an
für Frau und Kind. Für sie,
so lang ich mich noch rühren kann,
verdrießt mich keine Müh'.

Ich habe viel, das mein gehört,
viel Gutes hin und her –
Du droben! hast es mir beschert;
beschere mir noch mehr.

Gieb, daß mein Sohn dir auch vertrau',
weil du so gnädig bist;
lieb ihn, und gieb ihm eine Frau
wie seine Mutter ist.

Gottfried August Bürger

Das Dörfchen

Ich rühme mir
mein Dörfchen hier!
Denn schön're Auen,
als rings umher
die Blicke schauen,
blühn nirgends mehr.
Welch ein Gefilde,
zum schönsten Bilde
für Dietrichs Hand!
Hier Felsenwand,
dort Ährenfelder
und Wiesengrün,
dem blaue Wälder
die Grenze ziehn!
An jener Höhe
die Schäferei,
und in der Nähe
mein Sorgenfrei!
So nenn' ich meine
geliebte, kleine
Einsiedelei,
worin ich lebe,
zur Lust versteckt,
die ein Gewebe
von Ulm' und Rebe
grün überdeckt.

Dort kränzen Schlehen
die braune Kluft,
und Pappeln wehen
in blauer Luft.
Mit sanftem Rieseln
schleicht hier gemach
auf Silberkieseln
ein heller Bach;
fließt unter Zweigen,
die über ihn
sich wölbend neigen,
bald schüchtern hin;
läßt bald im Spiegel
den grünen Hügel,
wo Lämmer gehn,
des Ufers Büschchen
und alle Fischchen
im Grunde sehn.
Da gleiten Schmerlen
und blasen Perlen.
Ihr schneller Lauf
geht bald hinnieder,
und bald herauf
zur Fläche wieder.

Schön ist die Flur;
allein Elise
macht sie mir nur
zum Paradiese.

Der erste Blick
des Morgens wecket
auch unser Glück.
Nur leicht bedecket
führt sie mich hin,
wo Florens Beete
die Königin
der Morgenröte
mit Thränen näßt,
und Perlen blitzen
von allen Spitzen
des Grases läßt.
Die Knospe spaltet
die volle Brust;
die Blume faltet
sich auf zur Lust.
Sie blüht, und blühet
doch schöner nicht,
als das Gesicht
Elisens glühet.

Wann's heißer wird,
geht man selbander
zu dem Mäander*,
der unten irrt.
Da sinkt zum Bade
der Schäferin,
an das Gestade,
das Röckchen hin.
Soll ich nicht eilen,
die Lust zu teilen? –
Der Tag ist schwül,
geheim die Stelle,
und klar und kühl
die Badequelle.

Ein leichtes Mahl
mehrt dann die Zahl
von unsern Freuden.
In weichem Gras,
an Pappelweiden,
steht zwischen beiden
das volle Glas.
Der Trunk erweitert
nun bald das Herz,
und Witz erheitert
den sanften Scherz.
Sie kömmt und winket,
und schenkt mir ein,
doch lachend trinket
sie selbst den Wein;
flieht dann und dünket
sich gut versteckt;
doch bald entdeckt,
muß sie mit Küssen
den Frevel büßen.

*Fluß in Ionien, bekannt durch seine vielen Krümmungen

Drauf mischet sie
die Melodie
der süßen Kehle
in das Ahi
der Philomele*,
die so voll Seele
nie sang, wie sie.
So zirkeln immer
Lust und Genuß,
und Überdruß
befällt uns nimmer.

O Seligkeit!
Daß doch die Zeit
dich nie zerstöre!
Mir frisches Blut,
ihr treuen Mut
und Reiz gewähre!
Das Glück mag dann,
mit vollen Händen,
an jedermann,
der schleppen kann,
sich arm verschwenden.
Ich seh' es an,
entfernt vom Neide
und stimme dann
mein Liedchen an,
zum Tanz der Freude:
Ich rühme mir
mein Dörfchen hier!

*Nachtigall

Gottfried August Bürger

Der Bauer
an seinen Durchlauchtigen Tyrannen

Wer bist du, Fürst, daß ohne Scheu
zerrollen mich dein Wagenrad,
zerschlagen darf dein Roß?

Wer bist du, Fürst, daß in mein Fleisch
dein Freund, dein Jagdhund, ungebleut
darf Klau und Rachen haun?

Wer bist du, daß durch Saat und Forst
das Hurra deiner Jagd mich treibt,
entatmet wie das Wild? –

Die Saat, so deine Jagd zertritt,
was Roß und Hund und du verschlingst,
das Brot, du Fürst, ist mein.

Du Fürst hast nicht bei Egg und Pflug,
hast nicht den Erntetag durchschwitzt.
Mein, mein ist Fleiß und Brot! –

Ha! du wärst Obrigkeit von Gott?
Gott spendet Segen aus; du raubst!
Du nicht von Gott, Tyrann!

Ludwig Christoph Heinrich Hölty

Das Landleben

Flumina amem silvasque inglorius.
Virgil

Wunderseliger Mann, welcher der Stadt entfloh!
Jedes Säuseln des Baums, jedes Geräusch des Bachs,
jeder blinkende Kiesel
predigt Tugend und Weisheit ihm!

Jedes Schattengesträuch ist ihm ein heiliger
Tempel, wo ihm sein Gott näher vorüberwallt;
jeder Rasen ein Altar,
Wo er vor dem Erhabnen kniet!

Seine Nachtigall tönt Schlummer herab auf ihn,
seine Nachtigall weckt flötend ihn wieder auf,
wann das liebliche Frührot
durch die Bäum' auf sein Bette scheint.

Dann bewundert er dich, Gott, in der Morgenflur,
in der steigenden Pracht deiner Verkünderin,
deiner herrlichen Sonne,
dich im Wurm und im Knospenzweig;

ruht im wehenden Gras, wann sich die Kühl' ergießt,
oder strömet den Quell über die Blumen aus;
trinkt den Atem der Blüte,
trinkt die Milde der Abendluft.

Sein bestrohetes Dach, wo sich das Taubenvolk
sonnt und spielet und hüpft, winket ihm süßre Rast
als dem Städter der Goldsaal,
als der Polster der Städterin.

Und der spielende Trupp schwirret zu ihm herab,
gurrt und säuselt ihn an, flattert ihm auf den Korb,
picket Krumen und Erbsen,
picket Körner ihm aus der Hand.

Einsam wandelt er oft, Sterbegedanken voll,
durch die Gräber des Dorfs, setzet sich auf ein Grab
und beschauet die Kreuze
und den wehenden Totenkranz.

Wunderseliger Mann, welcher der Stadt entfloh!
Engel segneten ihn, als er geboren ward,
streuten Blumen des Himmels
auf die Wiege des Knaben aus.

Johann Martin Miller

Fritzchens Lob des Landlebens

Rühmt immer eure große Stadt
und laßt ihr Lob erschallen!
Mein liebes kleines Dörfchen hat
mir dennoch mehr gefallen.

Hier muß ich ganze Tage lang
im öden Zimmer sitzen,
dort konnt' ich frei und ohne Zwang
die schönen Tage nützen.

Am frühen Morgen konnt' ich gleich
in meinen Garten hüpfen
und nach den Vögeln im Gesträuch,
ihr Nest zu finden, schlüpfen.

Wenn ich ein Röschen offen sah,
wie pflegt' ich dann zu springen,
um es mit Freuden der Mama
zum Morgengruß zu bringen!

Sie nahm es freundlich, küßte mich
für meine kleine Mühe
und sah mich an und freute sich,
daß ich nicht minder blühe.

Da ging ich immer Hand in Hand
mit unsers Pachters Käthchen,
ihr gleicht im ganzen weiten Land
und in der Stadt kein Mädchen.

Schön, wie ein Maientag, war sie,
geschäftig, wie ein Bienchen,
und speiste alle Morgen früh
im Hühnerhof die Hühnchen.

Da sah ich allemal hinab.
Oft dünkt' ich mich verborgen,
sie aber sah mich doch, und gab
mir freundlich guten Morgen.

Ein Lämmchen, weißer noch als Schnee,
folgt' ihr am roten Bändchen,
wohin sie ging, und aß den Klee
aus ihren weißen Händchen.

Die Blumen wuchsen schöner, die
mir unser Gärtner schenkte,
wenn das geliebte Mädchen sie
mit klarem Wasser tränkte.

Ans kleine Schmerlenbächlein ging
sie oft mit mir zum Fischen,
und ließ, wenn ich ein Fischchen fing,
mitleidig es entwischen.

Da zürnt' ich manchesmal mit ihr,
doch war es bald vorüber,
und nach dem Schmollen hatten wir
einander desto lieber.

O dürft' ich, liebes Dörfchen, dich
nur einmal wieder sehen,
gewiß, die Städter sollten mich
sobald nicht wieder sehen!

Johann Heinrich Voss

Die Dorfjugend

Horch, der Küster beiert*,
Mädchen, weiß und zart:
morgen wird gefeiert,
denk' ich, Himmelfahrt.
Dann ist keine Schule,
dann wird Rad und Spule
samt dem Zeichentuch verwahrt.

Glatt im Sonntagsjäckchen
mußt du morgen sein,
buntgewirkt das Röckchen,
Tuch und Schürze fein;
und die blanke Mütze
samt den Schnallen blitze,
wie du gehst, im Sonnenschein.

Längs dem Kirchengange
gafft dich alles an:
Seht die schmucke Lange!
Seht, sie wächst heran!
Selbst der Pfarrer bücket
fromm das Haupt, und blicket,
was sein Auge blicken kann.

*läutet

Aber ich, dein Lieber,
ist das Wetter schön,
werde gegenüber
auch im Schmucke stehn,
und bei Saitenklange,
Predigt und Gesange,
dich nur hören, dich nur sehn.

Nachmittags dann holen,
Liebchen, du und ich,
Sträußer von Violen,
Kränz' aus Möserich;
und wo grün von Zweigen
junge Mai'n sich neigen,
lagert man am Hügel sich.

Schön in Strauß und Kranze,
schön wie eine Braut,
folgst du mir zum Tanze
sittsam und vertraut:
Da wird frisch gesungen
und herumgesprungen,
nach des blinden Fiedlers Laut.

Mit Gekreisch und Juchen
schwärmt des Dorfs Gewühl
dann um Nüß' und Kuchen
und ein Pfänderspiel.
Aber, kleine Dirne,
gieb mir acht, ich zürne,
küssest du mir allzu viel!

Johann Peter Hebel

Sonntagsfrühe

Der Samstig het zum Sunntig gseit:
»Jez hani alli schlofe gleit;
sie sin vom Schaffe her und hi
gar sölli müed und schlöfrig gsi,
und's gohtmer schier gar selber so,
i cha fast uf ke Bei me stoh.«

So seit er, und wo's Zwölfi schlacht,
se sinkt er aben in d'Mitternacht.
Der Sunntig seit: »Jez isch's an mir!«
Gar still und heimli bschließt er d'Tür.
Er düselet hinter de Sterne no,
und cha schier gar nit obsi cho.

Doch endli ribt er d'Augen us,
er chunnt der Sunn an Tür und Hus;
sie schloft im stille Chämmerli;
er pöpperlet am Lädemli;
er rüeft der Sunne: »D'Zit isch do!«
Sie seit: »I chumm enanderno.«

Und lisli uf de Zeche goht,
und heiter uf de Berge stoht
der Sunntig, und 's schloft alles no;
es sieht und hört en niemes goh;
er chunnt ins Dorf mit stillem Tritt,
und winkt im Guhl: »Verrot mi nit!«

Und wemmen endli au verwacht,
und gschlofe het die ganzi Nacht,
se stoht er do im Sunneschi',
und luegt eim zu de Fenstren i
mit sinen Auge mild und guet.
und mittem Meien uffem Huet.

Drum meint er's treu, und was i sag,
es freut en, wemme schlofe mag,
und meint, es seig no dunkel Nacht,
wenn d'Sunn am heitere Himmel lacht.
Drum isch er au so lisli cho,
drum stoht er au so liebli do.

Wie glitzeret uf Gras und Laub
vom Morgetau der Silberstaub!
Wie weiht e frische Maieluft,
voll Chriesibluest und Schlecheduft!
Und d'Immli sammle flink und frisch,
sie wüsse nit, aß's Sunntig isch.

Wie pranget nit im Garteland
der Chriesibaum im Maiegwand,
Gelveieli und Tulipa,
und Sterneblueme nebe dra,
und gfüllti Zinkli blau und wiiß,
me meint, me lueg ins Paradies!

Und ’s isch so still und heimli do,
men isch so rüeihig und so froh!
Me hört im Dorf kei *Hüst* und *Hott;*
e Guete Tag, und *Dank der Gott,*
und *’s git gottlob e schöne Tag,*
isch alles, was me höre mag.

Und ’s Vögeli seit: »Frili jo!
Potz tausig, jo, do isch er scho!
Er dringt jo in si’m Himmelsglast
Dur Bluest und Laub in Hurst und Nast!«
Und ’s Distelzwigli vorne dra
het ’s Sunntigröckli au scho a.

Sie lüte weger’s Zeiche scho,
der Pfarer, schint’s well zitli cho.
Gang, brechmer eis Aurikli ab,
verwüschet mer der Staub nit drab,
und Chüngeli, leg di weidli a,
de muesch derno ne Meje ha!

Clemens Brentano

Trippel Trippel trap, trap, trap

Trippel Trippel trap, trap, trap
heut schließ ich die Tür nicht ab
wenn ich dich erst bei mir hab
küß ich dich recht tüchtig ab.

Weck mir nicht die Mutter auf
nur nicht hust, nicht nies, nicht schnauf,
nicht zu stolz renn mir herauf,
wer hoffärtig fällt leicht drauf.

Weck mir nicht die Martinsgans,
tritt dem Hund nicht auf den Schwanz,
schleiche wie der Mondenglanz,
wie ein Floh im Hochzeitskranz.

Stoß mir nicht die Kübel um
liebster Schatz, ich bitt dich drum
rumpelt er rumpidipum
liebster Schatz, das wäre dumm.

Und vor allem ich dich bitt
auf der Treppe in der Mitt
mache eine großen Schritt
von vier Stufen fehlt die dritt.

In das Maul deine Schuh
kömmt die Magd, so fahr drauf zu
dann glaubt sie, du seist Wu Wu
kriecht ins Bett und läßt uns Ruh.

Gehe links, ach geh nicht recht
sonst kömmst du zum Oberknecht
und da kriegst du ein Gefecht
und der Jockel schmeißt nicht schlecht.

Steig auch nicht bis unters Dach
kömmst du in das Taubenfach
da wird gleich mein Bruder wach,
eilet schnell dem Marder nach.

Bist du vor der Kammertür,
klage deinen Jammer mir,
dann schieb ich die Klammer für
schrei, wer ist, Potz Hammer, hier.

Und da wachet alles auf
Mutter, Bruder, Knecht im Lauf
nahn, es wird 'ne Prügeltrauf
Besser als 'ne Kindertauf.

Doch es ging 'nen andern Gang,
Mutter nach neun Monden sang
Mädel, 's wird mir angst und bang,
Sonst war ja dein Röckchen lang.

Ludwig Uhland

Die Mähderin

»Guten Morgen, Marie! so frühe schon rüstig und rege?
Dich, treuste der Mägde, dich machet die Liebe nicht
träge.
Ja! mähst du die Wiese mir ab von jetzt in drei Tagen,
nicht dürft' ich den Sohn dir, den einzigen, länger
versagen.«

Der Pächter, der stattlich begüterte, hat es gesprochen,
Marie, wie fühlt sie den liebenden Busen sich pochen!
Ein neues, ein kräftiges Leben durchdringt ihr die
Glieder,
wie schwingt sie die Sense, wie streckt sie die Mahden
danieder!

Der Mittag glühet, die Mähder des Feldes ermatten,
sie suchen zur Labe den Quell und zum Schlummern den
Schatten;
noch schaffen im heißen Gefilde die summenden Bienen,
Marie, sie ruht nicht, sie schafft in die Wette mit ihnen.

Die Sonne versinkt, es ertönet das Abendgeläute;
wohl rufen die Nachbarn: »Marie, genug ist's für heute!«
Wohl ziehen die Mähder, der Hirt und die Herde von
hinnen,
Marie, sie dengelt die Sense zu neuem Beginnen.

Schon sinkte der Tau, schon erglänzen der Mond und die
Sterne,
es duften die Mahden, die Nachtigall schlägt aus der
Ferne;
Marie verlangt nicht zu rasten, verlangt nicht zu
lauschen,
stets läßt sie die Sense, die kräftig geschwungene,
rauschen.

So fürder von Abend zu Morgen, von Morgen zu Abend,
mit Liebe sich nährend, mit seliger Hoffnung sich labend;
zum drittenmal hebt sich die Sonne, da ist es geschehen,
dort seht ihr Marien, die wonniglich weinende, stehen.

»Guten Morgen, Marie! was seh' ich! o fleißige Hände!
Gemäht ist die Wiese! das lohn' ich mit reichlicher
Spende;
allein mit der Heirat – du nahmest im Ernste mein
Scherzen,
leichtgläubig, man sieht es, und töricht sind liebende
Herzen.«

Er spricht es und gehet des Wegs, doch der armen Marie
erstarret das Herz, ihr brechen die bebenden Knie.
Die Sprache verloren, Gefühl und Besinnung geschwun-
den,
so wird sie, die Mähderin, dort in den Mahden gefunden.

So lebt sie noch Jahre, so stummer, erstorbener Weise,
und Honig, ein Tropfen, das ist ihr die einzige Speise.
O haltet ein Grab ihr bereit auf der blühendsten Wiese!
So liebende Mähderin gab es doch nimmer, wie diese.

Joseph von Eichendorff

Der Unbekannte

Vom Dorfe schon die Abendglocken klangen,
die müden Vöglein gingen auch zur Ruh',
nur auf den Wiesen noch die Heimchen sangen,
und von den Bergen rauscht' der Wald dazu;
da kam ein Wandrer durch die Ährenwogen,
aus fernen Landen schien er hergezogen.

Vor seinem Hause, unter blüh'nden Lauben
lud ihn ein Mann zum fröhl'chen Rasten ein,
die junge Frau bracht Wein und Brot und Trauben,
setzt dann, umspielt vom letzten Abendschein,
sich neben ihn und blickt halb scheu, halb lose,
ein lockig Knäblein lächelnd auf dem Schoße.

Ihr dünkt, er wär' schon einst im Dorf gewesen,
und doch so fremd und seltsam war die Tracht,
in seinen Mienen feur'ge Schrift zu lesen
gleich Wetterleuchten fern bei stiller Nacht,
und traf sein Auge sie, wollt' ihr fast grauen,
es war, wie in den Himmelsgrund zu schauen.

Und wie sich kühler nun die Schatten breiten:
Vom Berg Vesuv, der über Trümmern raucht,
vom blauen Meer, wo Schwäne singend gleiten,
kristallnen Inseln, blühend draus getaucht,
und Glocken, die im Meeresgrunde schlagen,
wußt' wunderbar der schöne Gast zu sagen.

»Hast viel erfahren, willst du ewig wandern?«
sprach drauf sein Wirt mit herzlichem Vertraun.
»Hier kannst du froh genießen wie die andern,
am eigenen Herd dein kleines Gärtchen baun.
Des Nachbars Töchter haben reiche Truhen,
ruh' endlich aus, brauchst nicht allein zu ruhen.«

Da stand der Wandrer auf, es blühten Sterne
schon aus dem Dunkel überm stillen Land.
»Gesegn' euch Gott! Mein Heimatland liegt ferne.«
Und als er von den beiden sich gewandt,
kam himmlisch Klingen von der Waldeswiese –
so sternklar war noch keine Nacht wie diese.

Friedrich Rückert

Das versunkene Dorf

Es ist eine Wüstung gelegen,
ist Abermannsdorf genannt;
es heißt noch ein Dorf bis heute,
aber die ältesten Leute
haben das Dorf nicht gekannt.

Es ist verschlungen worden,
in den Erdboden hinein
ist es worden verschlungen
mit Alten und Jungen,
mit Mann, Maus und Stein.

Kein Maalzeichen ist blieben,
kein Trumm und keine Spur;
Von den Häusern kein Gebälke,
von den Mauern kein Gekälke;
's ist ebene Wiesenflur.

Als Knab hab' ich noch gesehen
von der Dorflind' einen Stumpf;
jetzt ist auch der versunken,
es hat wie mit Armen den Strunken
gezogen hinab in den Sumpf.

Wenn man's Ohr legt auf den Boden,
höret man's drunten wohl,
wie die heimlichen Wasser brausen,
wie sie fressen mit Grausen
den Boden unter uns hohl.

Wohl hat es auf der Erde
das Böse weit gebracht.
Wenn sie wollt' alle Schande
Verschlingen, wer im Lande
Wär' sicher bis Mitternacht?

Friedrich Rückert

Die Schwalben im Dorfe

Die Schwalben fliegen nächtig
das Dorf noch einmal um,
gesellig und einträchtig,
und sind dabei nicht stumm.

O dürften sie erzählen
von lauter Einigkeit,
und müßten nicht verhehlen
viel bösen Zank und Streit,

Unfrieden, den mit Grauen
so manche Hütt' umschließt,
daß unter'm Dach zu bauen
die Schwalbe fast verdrießt.

Wilhelm Müller

Im Dorfe

Es bellen die Hunde, es rasseln die Ketten,
es schlafen die Menschen in ihren Betten,
träumen sich manches, was sie nicht haben,
tun sich im Guten und Argen erlaben:
und morgen früh ist alles zerflossen. –
Je nun, sie haben ihr Teil genossen,
und hoffen, was sie noch übrig ließen,
doch wieder zu finden auf ihren Kissen.

Bellt mich nur fort, ihr wachen Hunde,
laßt mich nicht ruhn in der Schlummerstunde!
Ich bin zu Ende mit allen Träumen –
Was will ich unter den Schläfern säumen?

Heinrich Heine

Mein Kind, wir waren Kinder

Mein Kind, wir waren Kinder,
zwei Kinder, klein und froh;
wir krochen ins Hühnerhäuschen,
versteckten uns unter das Stroh.

Wir krähten wie die Hähne,
und kamen Leute vorbei –
Kikereküh! sie glaubten,
es wäre Hahnengeschrei.

Die Kisten auf unserem Hofe,
die tapezierten wir aus,
und wohnten drin beisammen,
und machten ein vornehmes Haus.

Des Nachbars alte Katze
kam öfters zum Besuch;
wir machten ihr Bückling und Knickse
und Komplimente genug.

Wir haben nach ihrem Befinden
besorglich und freundlich gefragt;
wir haben seitdem dasselbe
mancher alten Katze gesagt.

Wir saßen auch oft und sprachen
vernünftig, wie alte Leut,
und klagten, wie alles besser
gewesen zu unserer Zeit;

wie Lieb und Treu und Glauben
verschwunden aus der Welt,
und wie so teuer der Kaffee,
und wie so rar das Geld! – – –

Vorbei sind die Kinderspiele,
und alles rollt vorbei –
das Geld und die Welt und die Zeiten,
und Glauben und Lieb und Treu.

Nikolaus Lenau

Abendheimkehr

Sein Bündel Holz am Rücken bringt
der Arme heimgetragen;
der frohe Knecht die Geißel schwingt
am erntevollen Wagen.

Die milchbeladne Herde wiegt
sich in die trauten Ställe;
mit Scherz und Kuß zur Dirne fliegt
der lustige Geselle.

Von Feld und Walde pfeift nach Haus
der Jäger dort, der rasche;
und Has' und Wachtel guckt heraus,
zu prahlen, aus der Tasche.

Den Dichter sieht man aus der Nacht
der Eichen selig schwanken;
er taumelt fort mit seiner Tracht
unsterblicher Gedanken.

Eduard Mörike

Der alte Turmhahn

Idylle

Zu Cleversulzbach im Unterland
hundertunddreizehn Jahr ich stand,
auf dem Kirchenturm ein guter Hahn,
als ein Zierat und Wetterfahn.
In Sturm und Wind und Regennacht
hab ich allzeit das Dorf bewacht.
Manch falber Blitz hat mich gestreift,
der Frost mein' roten Kamm bereift,
auch manchen lieben Sommertag,
da man gern Schatten haben mag,
hat mir die Sonne unverwandt
auf meinen goldigen Leib gebrannt.
So ward ich schwarz für Alter ganz,
und weg ist aller Glitz und Glanz.
Da haben sie mich denn zuletzt
veracht't und schmählich abgesetzt.
Meinethalb! so ist der Welt ihr Lauf,
jetzt tun sie einen andern 'nauf.
Stolzier, prachtier und dreh dich nur!
Dir macht der Wind noch andre Cour.

Ade, o Tal, du Berg und Tal!
Rebhügel, Wälder allzumal!
Herzlieber Turm und Kirchendach,
Kirchhof und Steglein übern Bach!
Du Brunnen, dahin spat und früh

Öchslein springen, Schaf' und Küh,
Hans hinterdrein kommt mit dem Stecken,
und Bastes Evlein auf dem Schecken!
– Ihr Störch und Schwalben, grobe Spatzen,
euch soll ich nimmer hören schwatzen!
Lieb deucht mir jedes Drecklein itzt,
damit ihr ehrlich mich beschmitzt.
Ade, Hochwürden, Ihr Herr Pfarr,
Schulmeister auch, du armer Narr!
Aus ist, was mich gefreut so lang,
Geläut und Orgel, Sang und Klang.

Von meiner Höh so sang ich dort,
und hätt noch lang gesungen fort,
da kam so ein krummer Teufelshöcker,
ich schätz, es war der Schieferdecker,
packt mich, kriegt nach manch hartem Stoß
mich richtig von der Stange los.
Mein alt preßhafter Leib schier brach,
da er mit mir fuhr ab dem Dach
und bei den Glocken schnurrt hinein;
die glotzten sehr verwundert drein,
regt' ihnen doch weiter nicht den Mut,
dachten eben, wir hangen gut.

Jetzt tät man mich mit altem Eisen
dem Meister Hufschmied überweisen;
der zahlt zween Batzen und meint Wunder,
wieviel es wär für solchen Plunder.
Und also ich selben Mittag
betrübt vor seiner Hütte lag.
Ein Bäumlein – es war Maienzeit –

schneeweiße Blüten auf mich streut,
Hühner gackeln um mich her,
unachtend, was das für ein Vetter wär.
Da geht mein Pfarrherr nun vorbei,
grüßt den Meister und lächelt: Ei,
wärs so weit mit uns, armer Hahn?
Andrees, was fangt Ihr mit ihm an?
Ihr könnt ihn weder sieden noch braten,
mir aber müßt es schlimm geraten,
einen alten Kirchendiener gut
nicht zu nehmen in Schutz und Hut.
Kommt! tragt ihn mir gleich vor ins Haus,
trinket ein kühl Glas Wein mit aus.

Der rußig Lümmel, schnell bedacht,
nimmt mich vom Boden auf und lacht.
Es fehlt' nicht viel, so tat ich frei
gen Himmel einen Freudenschrei.
Im Pfarrhaus ob dem fremden Gast
war groß und klein erschrocken fast;
bald aber in jedem Angesicht
ging auf ein rechtes Freudenlicht.
Frau, Magd und Knecht, Mägdlein und Buben,
den großen Göckel in der Stuben
mit siebenfacher Stimmen Schall
begrüßen, begucken, betasten all.
Der Gottesmann drauf mildiglich
mit eignen Händen trägt er mich
nach seinem Zimmer, Stiegen auf,
nachpolteret der ganze Hauf.

Hier wohnt der Frieden auf der Schwell!
In den geweißten Wänden hell
sogleich empfing mich sondre Luft,
Bücher und Gelahrtenduft,
Gerani und Resedaschmack,
auch ein Rüchlein Rauchtabak.
(Dies war mir all noch unbekannt.)
Ein alter Ofen aber stand
in der Ecke linkerhand.
Recht als ein Turm tät er sich strecken
mit seinem Gipfel bis zur Decken,
mit Säulwerk, Blumwerk, kraus und spitz –
o anmutsvoller Ruhesitz!
Zu öberst auf dem kleinen Kranz
der Schmied mich auf ein Stänglein pflanzt'.

Betrachtet mir das Werk genau!
Mir deuchts ein ganzer Münsterbau;
mit Schildereien wohl geziert,
mit Reimen christlich ausstaffiert.
Davon vernahm ich manches Wort,
dieweil der Ofen ein guter Hort
für Kind und Kegel und alte Leut,
zu plaudern, wann es wind't und schneit.

Hier seht ihr seitwärts auf der Platten
eines Bischofs Krieg mit Mäus und Ratten,
mitten im Rheinstrom sein Kastell.
Das Ziefer kommt geschwommen schnell,
die Knecht nichts richten mit Waffen und Wehr,
der Schwänze werden immer mehr.
Viel Tausend gleich in dicken Haufen

frech an der Mauer auf sie laufen,
fallen dem Pfaffen in sein Gemach;
sterben muß er mit Weh und Ach,
von den Tieren aufgefressen,
denn er mit Meineid sich vermessen.
– Sodann König Belsazers seinen Schmaus,
Weiber und Spielleut, Saus und Braus;
zu großem Schrecken an der Wand
Rätsel schreibt eines Geistes Hand.
– Zuletzt da vorne stellt sich für
Sara lauschend an der Tür,
als der Herr mit Abraham
vor seiner Hütte zu reden kam,
und ihme einen Sohn versprach.
Sara sich Lachens nicht entbrach,
weil beide schon sehr hoch betaget.
Der Herr vernimmt es wohl und fraget:
Wie, lachet Sara? glaubt sie nicht,
was der Herr will, leicht geschicht?
Das Weib hinwieder Flausen machet,
spricht: Ich habe nicht gelachet.
Das war nun wohl gelogen fast,
der Herr es doch passieren laßt,
weil sie nicht leugt aus arger List,
auch eine Patriarchin ist.

Seit daß ich hier bin dünket mir
die Winterszeit die schönste schier.
Wie sanft ist aller Tage Fluß
bis zum geliebten Wochenschluß!
– Freitag zu Nacht, noch um die Neune,
bei seiner Lampen Trost alleine,

mein Herr fangt an sein Predigtlein
studieren; anderst mags nicht sein;
eine Weil am Ofen brütend steht,
unruhig hin und dannen geht:
sein Text ihm schon die Adern reget;
drauf er sein Werk zu Faden schläget.
Inmittelst einmal auch etwan
hat er ein Fenster aufgetan –
Ah, Sternenlüfteschwall wie rein
mit Haufen dringet zu mir ein!
Den Verrenberg ich schimmern seh,
den Schäferbühel dick mit Schnee!

Zu schreiben endlich er sich setzet,
ein Blättlein nimmt, die Feder netzet,
zeichnet sein Alpha und sein O
über dem Exordio.
Und ich von meinem Postament
kein Aug ab meinem Herrlein wend;
seh, wie er, mit Blicken steif ins Licht,
sinnt, prüfet jedes Worts Gewicht,
einmal sacht eine Prise greifet,
vom Docht den roten Butzen streifet;
auch dann und wann zieht er vor sich
ein Sprüchlein an vernehmentlich,
so ich mit vorgerecktem Kopf
begierlich bringe gleich zu Kropf.
Gemachsam kämen wir also
bis Anfang Applicatio.

Indes der Wächter Elfe schreit.
Mein Herr denkt: es ist Schlafenszeit;

ruckt seinen Stuhl und nimmt das Licht;
gut Nacht, Herr Pfarr! – Er hört es nicht.

Im Finstern wär ich denn allein.
Das ist mir eben keine Pein.
Ich hör in der Registratur
erst eine Weil die Totenuhr,
lache den Marder heimlich aus,
der scharrt sich müd am Hühnerhaus;
Windweben um das Dächlein stieben;
ich höre, wie im Wald da drüben –
man heißet es im Vogeltrost –
der grimmig Winter sich erbost,
ein Eichlein spalt't jähling mit Knallen,
eine Buche, daß die Täler schallen.
– Du meine Güt, da lobt man sich
so frommen Ofen dankbarlich!
Er wärmelt halt die Nacht so hin,
es ist ein wahrer Segen drin.
– Jetzt, denk ich, sind wohl hie und dort
Spitzbuben aus auf Raub und Mord;
denk, was eine schöne Sach es ist,
brave Schloß und Riegel zu jeder Frist!
Was ich wollt machen herentgegen,
wenn ich eine Leiter hört anlegen;
und sonst was so Gedanken sind;
ein warmes Schweißlein mir entrinnt.
Um zwei, gottlob, und um die drei
glänzet empor ein Hahnenschrei,
um fünfe, mit der Morgenglocken,
mein Herz sich hebet unerschrocken,
ja voller Freuden auf es springt,

als der Wächter endlich singt:
Wohlauf, im Namen Jesu Christ!
Der helle Tag erschienen ist!

Ein Stündlein drauf, wenn mir die Sporen
bereits ein wenig steif gefroren,
rasselt die Lis' im Ofen, brummt,
bis's Feuer angeht, saust und summt.
Dann von der Küch 'rauf, gar nicht übel,
die Supp ich wittre, Schmalz und Zwiebel.
Endlich, gewaschen und geklärt,
mein Herr sich frisch zur Arbeit kehrt.

Am Samstag muß ein Pfarrer fein
daheim in seiner Klause sein,
nicht visiteln, herumkutschieren,
seine Faß einbrennen, sonst hantieren.
Meiner hat selten solch Gelust.
Einmal – Ihr sagts nicht weiter just –
Zimmert' er den ganzen Nachmittag
dem Fritz an einem Meisenschlag,
dort an dem Tisch, und schwatzt' und schmaucht',
mich alten Tropf kurzweilt' es auch.

Jetzt ist der liebe Sonntag da.
Es läut't zur Kirchen fern und nah.
Man orgelt schon; mir wird dabei,
als säß ich in der Sakristei.
Es ist kein Mensch im ganzen Haus;
ein Mücklein hör ich, eine Maus.
Die Sonne sich ins Fenster schleicht,
zwischen die Kaktusstöck hinstreicht

zum kleinen Pult von Nußbaumholz,
eines alten Schreinermeisters Stolz;
beschaut sich was da liegt umher,
Konkordanz und Kinderlehr,
Oblatenschachtel, Amtssigill,
im Tintenfaß sich spiegeln will,
zuteuerst Sand und Grus besicht,
sich an dem Federmesser sticht
und gleitet übern Armstuhl frank
hinüber an den Bücherschrank.
Da stehn in Pergament und Leder
vornan die frommen Schwabenväter:
Andreä, Bengel, Rieger zween,
Samt *Ötinger* sind da zu sehn.
Wie sie die goldnen Namen liest,
noch goldener ihr Mund sie küßt,
wie sie rührt an *Hillers* Harfenspiel –
Horch! klingt es nicht? so fehlt nicht viel.

Inmittelst läuft ein Spinnlein zart
an mir hinauf nach seiner Art,
und hängt sein Netz, ohn erst zu fragen,
mir zwischen Schnabel auf und Kragen.
Ich rühr mich nicht aus meiner Ruh,
schau ihm eine ganze Weile zu,
darüber ist es wohl geglückt,
daß ich ein wenig eingenickt. –
Nun sagt, ob es in Dorf und Stadt
ein alter Kirchhahn besser hat?

Ein Wunsch im stillen dann und wann
kommt einen freilich wohl noch an.

Im Sommer stünd ich gern da draus
bisweilen auf dem Taubenhaus,
wo dicht dabei der Garten blüht,
man auch ein Stück vom Flecken sieht.
Dann in der schönen Winterzeit,
als zum Exempel eben heut:
ich sag es grad – da haben wir
gar einen wackern Schlitten hier,
grün, gelb und schwarz; – er ward verwichen
erst wieder sauber angestrichen:
Vorn auf dem Bogen brüstet sich
ein fremder Vogel hoffärtig –
wenn man mich etwas putzen wollt,
nicht, daß es drum viel kosten sollt,
ich stünd so gut dort als wie der
und machet niemand nicht Unehr!
– Narr! denk ich wieder, du hast dein Teil!
Willst du noch jetzo werden geil?
Mich wundert, ob dir nicht gefiel',
daß man, der Welt zum Spott und Ziel,
deinen warmen Ofen gar zuletzt
mitsamt dir auf die Läufe setzt',
daß auf dem Gsims da um dich säß
Mann, Weib und Kind, der ganze Käs!
Du alter Scherb, schämst du dich nicht,
auf Eitelkeit zu sein erpicht?
Geh in dich, nimm dein Ende wahr!
Wirst nicht noch einmal hundert Jahr.

Theodor Storm

Sommermittag

Nun ist es still um Hof und Scheuer,
und in der Mühle ruht der Stein;
der Birnenbaum mit blanken Blättern
steht regungslos im Sonnenschein.

Die Bienen summen so verschlafen;
und in der offnen Bodenluk',
benebelt von dem Duft des Heues,
im grauen Röcklein nickt der Puk.

Der Müller schnarcht und das Gesinde,
und nur die Tochter wacht im Haus;
die lachet still und zieht sich heimlich
fürsichtig die Pantoffeln aus.

Sie geht und weckt den Müllerburschen,
der kaum den schweren Augen traut:
»Nun küsse mich, verliebter Junge;
doch sauber, sauber! nicht zu laut.«

Emanuel Geibel

Ländliche Lieder

1. Frühling

Und wenn die Primel schneeweiß blickt
am Bach, am Bach aus dem Wiesengrund,
und wenn vom Baum die Kirschblüt' nickt
und die Vöglein pfeifen im Wald allstund;
da flickt der Fischer das Netz in Ruh,
denn der See liegt heiter im Sonnenglanz;
da sucht das Mädel die rothen Schuh,
und schnürt das Mieder sich eng zum Tanz,
und denket still,
ob der Liebste, der Liebste nicht kommen will.

Es klingt die Fiedel, es brummt der Baß,
der Dorfschulz sitzt im Schank beim Wein;
die Tänzer drehn sich ohn' Unterlaß
an der Lind', an der Lind', im Abendschein.
Und geht's nach Haus um Mitternacht,
Glühwürmchen trägt das Laternchen vor,
da küsset der Bube sein Dirnel sacht,
und sagt ihr leis' ein Wörtchen ins Ohr,
und sie denken beid':
O du fröhliche selige Maienzeit!

2. Winter

Nun weht auf der Haide der scharfe Nordost,
am Vordach hangt der Zapfen von Eis,
die Tannen schütteln sich rings vor Frost
und Feld und Kirchhof sind silberweiß.
Im Dorf verschneit liegt jeglicher Pfad,
ein Weg nur führet zur Schenke allein,
und geh' ich dort grade des Abends spat,
so tret' ich hinein;
o mein Käthchen, mein Mädchen, nun bringe mir Wein!

O liebes Käthchen, nun sing'mir ein Lied
von der sonnigen, wonnigen Frühlingszeit!
Und wenn erst wieder die Schwalbe zieht,
so sollst du schauen, wie hold sich's freit.
Und wenn auf's Neu der Winter sich naht,
da schiert kein Wind uns von Ost und von West;
am lodernden Herde sitzen wir spat
im traulichen Nest,
und küssen uns warm und umschlingen uns fest.

Gottfried Keller

Sommernacht

Es wallt das Korn weit in die Runde
und wie ein Meer dehnt es sich aus;
doch liegt auf seinem stillen Grunde
nicht Seegewürm noch andrer Graus;
da träumen Blumen nur von Kränzen
und trinken der Gestirne Schein.
O goldnes Meer, dein friedlich Glänzen
saugt meine Seele gierig ein!

In meiner Heimat grünen Talen,
da herrscht ein alter schöner Brauch:
Wann hell die Sommersterne strahlen,
der Glühwurm schimmert durch den Strauch,
dann geht ein Flüstern und ein Winken,
das sich dem Ährenfelde naht,
da geht ein nächtlich Silberblinken
von Sicheln durch die goldne Saat.

Das sind die Burschen jung und wacker,
die sammeln sich im Feld zuhauf
und suchen den gereiften Acker
der Witwe oder Waise auf,
die keines Vaters, keiner Brüder
und keines Knechtes Hilfe weiß –
ihr schneiden sie den Segen nieder,
die reinste Lust ziert ihren Fleiß.

Schon sind die Garben fest gebunden
und rasch in einen Ring gebracht;
wie lieblich flohn die kurzen Stunden,
es war ein Spiel in kühler Nacht!
Nun wird geschwärmt und hell gesungen
im Garbenkreis, bis Morgenluft
die nimmermüden braunen Jungen
zur eignen schweren Arbeit ruft.

Klaus Groth

Dat Dörp in Snee

Still as ünnern warme Dek
liggt dat Dörp in witten Snee,
mank de Ellern slöppt de Bek,
ünnert Is de blanke See.

Wicheln stat in witte Haar,
spegelt slapri all de Köpp,
all is ruhi, kold un klar
as de Dod, de ewi slöppt.

Wit, so wit de Ogen reckt,
nich en Leben, nich en Lut;
blau na'n blauen Heben treckt
sach de Rok nan Snee herut.

Ik much slapen, as de Bom,
sünner weh un sünner Lust,
doch dar treckt mi as in Drom
still de Rok to Hus.

Conrad Ferdinand Meyer

Auf Goldgrund

Ins Museum bin zu später
Stunde heut ich noch gegangen,
wo die Heilgen, wo die Beter
auf den goldnen Gründen prangen.

Dann durchs Feld bin ich geschritten
heißer Abendglut entgegen,
sah, die heut das Korn geschnitten,
Garben auf die Wagen legen.

Um die Lasten in den Armen,
um den Schnitter und die Garbe
floß der Abendglut, der warmen,
wunderbare Goldesfarbe.

Auch des Tages letzte Bürde,
auch der Fleiß der Feierstunde
war umflammt von heilger Würde,
stand auf schimmernd goldnem Grunde.

Conrad Ferdinand Meyer

Erntegewitter

Ein jäher Blitz. Der Erntewagen schwankt.
Aus seinen Garben fahren Dirnen auf
und springen schreiend in die Nacht hinab.
Ein Blitz. Auf einer goldnen Garbe thront
noch unvertrieben eine frevle Maid,
der das gelöste Haar den Nacken peitscht.
Sie hebt das volle Glas mit nacktem Arm,
als brächte sie's der Glut, die sie umflammt,
und leert's auf einen Zug. Ins Dunkel wirft
sie's weit und gleitet ihrem Becher nach.
Ein Blitz. Zwei schwarze Rosse bäumen sich.
Die Peitsche knallt. Sie ziehen an. Vorbei.

Christian Wagner

Die Störche

Mutter, die Störche sind da! So jubeln herein in die Stube
heute die Kinder, es steht dampfend das Essen bereit.
Kaum sie es achten, es ist ein jegliches satt von der
Botschaft:
Da sind die Störche! – Hinab polterts der Kirche nun zu.

Peter Rosegger

Habt Dank, ihr guten Leute!

Habt Dank, ihr guten Leute,
für dieses reiche Mahl,
das ihr mir aufgetragen
in buntbekränzten Schüsseln
und Goldpokal.

Mein Herze dürstet nimmer
nach Weltgenuß und Ehr',
im stillen Dorf zu leben
als Mensch bei schlichten Menschen,
was soll ich mehr?

Daß ich im Frieden atme
und dankbar, angesichts
der heiligen Wunder Gottes
mich meines Lebens freue,
sonst will ich nichts.

Ich werde nimmer müde,
des Himmels Glanz zu schaun,
auf seiner Wolken Spiele,
auf seiner Flocken Reigen
mein Lust zu baun.

Der Lüfte sanftes Wiegen
und wild gewaltige Macht,
der Wässer Steigen, Stürzen,
hat stets mir Seligkeiten
ins Herz gebracht.

Und sink' ich einst zu Grabe
von heitrem Tageslicht,
die Erde, ewig Rosen
aus ihrem Schoße sendend –
ich fürcht' sie nicht.

Detlev von Liliencron

Viererzug

Vorne vier nickende Pferdeköpfe,
neben mir zwei blonde Mädchenzöpfe,
hinten der Groom mit wichtigen Mienen,
an den Rädern Gebell.

In den Dörfern windstillen Lebens Genüge
auf den Feldern fleißige Spaten und Pflüge,
alles das von der Sonne beschienen
so hell, so hell.

Alberta von Puttkamer

Dorfstille

Holunderduft liegt auf der Dorfesgasse –
die Hüttenfenster gleißen sonnenbunt.
Die Büsche schatten breit – es fliegen blasse
und volle Blüten schwebend hin im Rund.

Die Kirche ragt im goldengrünen Dämmern
der Linden, die sie überdrängen breit.
Nur aus verlorner Ferne dringt ein Hämmern,
als sei's der Herzschlag dieser Einsamkeit . . .

Sonst alles klangtot! und die Mittagstille
liegt wie mit erz'nen Flügeln überm Land –
ich glaube fast, man hört es, wenn die Hülle
der Blätterknospen sprengt ihr bräunlich Band . . .

Ich glaube fast, man hört es, wenn im Neste
die Schwalbe sich im Mittagsschlafe regt,
und wenn ein Bienlein durch die Lindenäste
die Würze tropfend aus den Blüten trägt . . .

Gustav Falke

Die Morgenpredigt

Die Felder lagen still und schwer,
der Sommer brachte Segen.
Wir gingen kreuz und gingen quer
und kamen von den Wegen.

Es stand ein roter Mohn im Korn
und eine weiße Winde,
es hing ein kleines Nest im Dorn,
aus Halmen und aus Rinde.

Ein Sonntag war's, das Dorf versteckt
in Andacht und in Frieden,
und wir, von Wall und Busch umheckt,
von allen abgeschieden.

Dort fiel nun wohl vom Kanzelbord
in die erbaute Menge
gar manches gute Liebeswort
und manches Wort der Strenge.

Hier ward uns eine Predigt rings
aus Sonne und aus Stille,
das Leuchten eines Schmetterlings,
das Zirpen einer Grille.

Und hier und da ein Liebeswort
so abseits von den Wegen.
Die Ähren wogten leise fort,
der Sommer brachte Segen.

Richard Dehmel

Stillleben

Im Frühling, wenns zu nebeln anfängt –
auf dem Dorfteich –
eines Abends: raake:
erster Frosch.
Raake-racka-paake: zweiter.
Und so weiter, bis der ganze Chor
Raake-paake-racker-quacker-Pack macht.
Über ihnen
dampft der Sonnenglanz –
gaukelt still ein Azurfalter drin –
herrlich ––

Arno Holz

So Einer war auch Er!

Liegt ein Dörflein mitten im Walde,
überdeckt vom Sonnenschein,
und vor dem letzten Haus an der Halde
sitzt ein steinalt Mütterlein.
  Sie läßt den Faden gleiten
  und Spinnrad Spinnrad sein
  und denkt an die alten Zeiten
  und nickt und schlummert ein.

Heimlich schleicht sich die Mittagsstille
durch das flimmernde, grüne Revier.
Alles schläft; selbst Drossel und Grille
und vorm Pflug der müde Stier.
  Doch plötzlich kommt es gezogen
  blitzend den Wald entlang,
  und vor ihm hergeflogen
  wie Trommel und Pfeifenklang.

Und in das Lied vom alten Blücher
jauchzen die Dörfler: Sie sind da!
Und die Mädels schwenken die Tücher,
und die Jungens rufen: Hurra!
  Gott schütze die goldnen Saaten,
  dazu die weite Welt;
  des Kaisers junge Soldaten
  ziehn wieder ins grüne Feld!

Sieh, schon schwenken sie um die Halde,
wo das letzte der Häuschen lacht!
Schon verschwinden die ersten im Walde,
und das Mütterchen ist erwacht.
  Versunken in tiefes Sinnen,
  wird ihr das Herz so schwer,
  und ihre Tränen rinnen;
  »So Einer war auch Er!«

Arno Holz

Unten im Dorf

Unten im Dorf, hinter der Kirchhofsmauer,
schläft
der Müller.

Die Mühle steht still.

Auf ihrem morschen Gebälk kriechen Marienkäferchen,
über sie
fliegt ein Kuckuck hin.

... Ku ... kuk ... Ku ... kuk ...

Den steilen Weg durchs Korn her kommen Kinder,
lachen, schwatzen
und stopfen Gras durch die Ritzen.

Das Kleinste kuckt durch.

... Ku ... kuk ...

Was
sehe ich?

Sonnenstaubwirbelchen,
Sonnenstaubzitterchen, Sonnenstaubflitterchen,
ein

spiegelndes, rundes,
dunkelleuchtendes Tümpelwässerchen
und
lauter kleine, niedliche,
himmelblaue,
taumelnde, tanzende
flatterspielende, sich niederhockende,
flügelblinkende, rüsseltrinkende
Schmetterlinge!

Frank Wedekind

Stallknecht und Viehmagd

Carmen bucolicon

Die Bärin wohnt im tiefen Walde,
im tiefen Wald wohnt auch der Bär,
und an demselben Aufenthalte,
da wohnen Bären bald noch mehr.

Und im Olymp, da wohnen Götter,
darunter Venus und Apoll;
dort hat man ewig schönes Wetter
und jeder Gott ist liebevoll.

Auf ödem Felde schafft die Viehmagd,
tut ob der Arbeit manchen Schrei,
jedoch Cupido, der sich nie plagt,
sitzt schelmisch lächelnd nebenbei.

Nun kommt der Stallknecht mit den Kühen
auch Ochsen ziehen an dem Pflug,
doch muß er selbst das meiste ziehen,
dann geht es eben schnell genug.

Da duckt sich Amor listig nieder,
er legt den Bogen an mit Lust
und schießt die Viehmagd durch das Mieder
in ihre ahnungslose Brust.

Der Stallknecht kommt herbeigesprungen,
auf daß er rasch ihr Hilfe bringt;
doch Amor trifft den guten Jungen,
daß er mit ihr zu Boden sinkt.

Da liegen Stallknecht nun und Viehmagd
und schauen sich verwundert an,
und sie vollbringen, was man nie sagt
doch was man leicht erraten kann.

Marie Eugenie delle Grazie

Heimat

O Heimatdorf, in grüner Berge Schoß,
der Welt so klein – für mich so reich, so groß!

Jahrzehnte sind's, daß dich mein Aug' nicht sah,
nun bringt ein Bild dich meiner Seele nah:

Da stehst du wieder vor mir, Haus an Haus,
von ferne hör' ich deines Stroms Gebraus;

der Hirtenflöte melanchol'scher Klang,
er schwebt wie einst das stille Tal entlang!

Aus blüh'nden Gärten winkt's mir traulich zu,
die Blumen duften Seligkeit und Ruh';

die Stätten meiner Spiele, groß und klein,
umzittert märchenblauer Dämmerschein.

Noch krönt der Eichwald deinen Felsengrat,
noch zieht sich längs des Stroms mein Lieblingspfad –

Viel tausendmal ich träumend ihn beschritt,
die Helden meiner Märchen gingen mit.

Mir ist, als säh' ich sie auch heut' dort ziehn,
doch scheu, als wollten sie vor mir entfliehn,

Und plötzlich fühl' ich's durch den Sinn mir wehn,
als müßt' ich ein Verlor'nes suchen gehn,

und suchend irre ich talaus, talein –
umsonst! Da faßt es mich wie dumpfe Pein –

Von Tränen wird mir Herz und Auge schwer:
Es war ein glücklich Kind – ich find's nicht mehr!

Ricarda Huch

Frieden

Von dem Turme im Dorfe klingt
ein süßes Geläute;
man sinnt, was es deute,
daß die Glocke im Sturm nicht schwingt.
Mich dünkt, so hört' ich als Kind;
dann kamen die Jahre der Schande;
nun trägt's in die Weite der Wind,
daß Friede im Lande.

Wo mein Vaterhaus fest einst stand,
wächst wuchernde Heide;
ich pflück', eh ich scheide,
einen Zweig mir mit zitternder Hand.
Das ist von der Väter Gut
mein einziges Erbe;
nichts bleibt, wo mein Haupt sich ruht,
bis einsam ich sterbe.

Meine Kinder verwehte der Krieg;
wer bringt sie mir wieder?
Beim Klange der Lieder
feiern Fürsten und Herren den Sieg.
Sie freuen sich beim Friedensschmaus,
die müß'gen Soldaten fluchen –
ich ziehe am Stabe hinaus,
mein Vaterland suchen.

Hermann Löns

Der Bohrturm

Es steht ein schwarzes Gespenst im Moor,
das ragt über Büsche und Bäume hervor.

Es steht da groß und steif und stumm,
sieht lauernd sich im Kreise um.

In Rosenrot prangt das Heideland:
Ich ziehe dir an ein schwarzes Gewand.

Es liegt das Dorf so still und klein:
Dich mache ich groß und laut und gemein.

Der Bauer schafft im goldnen Feld:
Ich nehme dein Land und gebe dir Geld.

Des Hafers goldene Rispen wehn:
Hier sollen schwarze Häuser stehn.

Es blitzt der Bach im Sonnenschein:
Bald wirst du schwarz und schmutzig sein.

Es rauscht der Wald so froh und stolz:
Dich fälle ich zu Grubenholz.

Die Flamme loht, die Kette klirrt,
es zischt der Dampf, der Ruß, der schwirrt;

der Meißel frißt sich in den Sand.
Der schwarze Tod geht durch das Land.

Stefan George

Das Lied

Es fuhr ein knecht hinaus zum wald
Sein bart war noch nicht flück
Er lief sich irr im wunderwald
Er kam nicht mehr zurück.

Das ganze dorf zog nach ihm aus
Vom früh- zum abendrot
Doch fand man nirgends seine spur
Da gab man ihn für tot.

So flossen sieben jahr dahin
Und eines morgens stand
Auf einmal wieder er vorm dorf
Und ging zum brunnenrand.

Sie fragten wer es wär und sahn
Ihm fremd ins angesicht
Der vater starb die mutter starb
Ein andrer kannt ihn nicht.

Vor tagen hab ich mich verirrt
Ich war im wunderwald
Dort kam ich recht zu einem fest
Doch heim trieb man mich bald.

Die leute tragen güldnes haar
Und eine haut wie schnee . . .
So heissen sie dort sonn und mond
So berg und tal und see.

Da lachten all: in dieser früh
Ist er nicht weines voll.
Sie gaben ihm das vieh zur hut
Und sagten er ist toll.

So trieb er täglich in das feld
Und saß auf einem stein
Und sang bis in die tiefe nacht
Und niemand sorgte sein.

Nur kinder horchten seinem lied
Und saßen oft zur seit . . .
Sie sangen's als er lang schon tot
Bis in die spätste zeit.

Christian Morgenstern

Friede

Wie weich sich Form und Farbe binden
in Sommermittags glühem Hauch: –
Das Dorf im Schatten alter Linden,
ein rötlich Dach, ein Wölkchen Rauch;

der Bergbach, dessen heitre Eile
sich glitzernd durch die Wiese webt;
der Straße laubverhüllte Zeile,
die ahndevoll zur Ferne strebt –

Und all dies gütig eingeschlossen
von hoher Felder Gold und Duft;
und alles flimmernd überflossen
von lerchenlauter Juliluft . . .

Ich schau des Herdrauchs fromme Kreise
zum hohen Blau erblassend ziehn –
und meine Seele füllen leise
des Friedens süße Harmonien.

Rainer Maria Rilke

Dorfsonntag

Im Wirtshaus auf den blanken Dielen
schwingt sich die Jugend frisch und laut,
des Burschen Hand, so hart von Schwielen,
drückt die des blonden Mädchens traut;
bierfrohe Musikanten spielen
ein Lied aus der ›Verkauften Braut‹.

»Trinkt zu! Ich will euch heut besolden.«
Der Pfarrherr. Der liebt muntern Geist.
Und wie er nach dem Tanz die Holden
zu seinem Tische kommen heißt,
da geht der Abend draußen, golden,
und lacht durch alle Fenster dreist.

Hermann Hesse

Dorfabend

Vor den blanken Fenstern glühen
Blumen farbig in den Töpfen.
Hinterm Fenster dämmrig blühen
Mädchen mit gewundenen Zöpfen.

Überm Kirchdach schießen Schwalben
schnell wie Blitze hin geschwungen,
Glocken rufen allenthalben,
Abend hat den Tag bezwungen.

Eh wir nun zu Bette gehen,
mit dem Traum den Tag vertauschen,
laß uns noch am Fenster stehen
und dem großen Frieden lauschen.

Hermann Hesse

Dorfkirchhof

So nahe lieget ihr beisammen
in eurem Garten, stille Schar.
Von eures Lebens grellen Flammen
loht keine mehr. Das Glockenläuten
will euch nicht Leid noch Lust bedeuten
noch Anklang dessen, was einst war.

Euch ist genug, daß in den Lüften
hoch über euch der Flieder blüht
und Sommernachts mit warmen Düften
ob eurer Stätte festlich glüht.
Was noch in euch als Kraft, Begierde
und unerlöster Drang gelebt,
ist nun erlöst und frei und schwebt
im Duft dahin als Spiel und Zierde.

Robert Walser

Das Dörfchen

Ich sitze auf der Bank
und schaue dankbar gerne
mit Augen frisch und frank
ein wenig in die Ferne.

Durchs Wäldchen kommt ein Wind
gleich einem unsichtbaren
vergnügten, lieben Kind
verführerisch gefahren.

Das Dörfchen sanft und süß,
das ich vor mir erblicke,
ich mit Empfindung grüß',
mir ist, als wenn es nicke.

Froh geht die Zeit vorbei
behaglich ich hier träume,
als ob ich bildlich sei
wie Dörfchen, Wind und Bäume.

Alfred Wolfenstein

Nacht im Dorfe

Vor der verschlungnen Finsternis stöhnt
stöhnt mein Mund.
Ich, an Lärmen unruhig gewöhnt,
starre suchend rund:

Berge von Bäumen behaart ruhn
schwarz wüst herein,
was ihre Straßen nun tun
äußert kein Schein, kein Schrei'n.

Aber ein wenig sich zu irrn
wünscht, wünscht mein Ohr,
schwänge nur eines Käfers Schwirrn
mir ein Auto vor.

Wäre nur ein Fenster drüben bewohnt,
doch im gewölbten Haus
nichts als Sterne und hohlen Mond
– halt ich nicht aus –

Halt ich nicht aus, meinem Schlaf allmächtig umstellt,
fremd, fremd und nah –
durch den See noch näher geschwellt
liegt es lautlos da.

Aber glaubt mich nicht schwach,
daß ich – soeben die Stadt noch gehaßt –
nun das Land flieh –: es ist nur die Nacht,
nur auf dich, diese Nacht, war ich nicht gefaßt –

Wie du tot oder tausendfach unbekannt
mein schwarzes Bett umlangst,
nirgends durchbrochen von menschlicher Hand,
gottlose Angst.

Georg Trakl

Die Bauern

Vorm Fenster tönendes Grün und Rot.
Im schwarzverräucherten, niederen Saal
sitzen die Knechte und Mägde beim Mahl;
und sie schenken den Wein und sie brechen das Brot.

Im tiefen Schweigen der Mittagszeit
fällt bisweilen ein karges Wort.
Die Äcker flimmern in einem fort
und der Himmel bleiern und weit.

Fratzenhaft flackert im Herd die Glut
und ein Schwarm von Fliegen summt.
Die Mägde lauschen blöd und verstummt
und ihre Schläfen hämmert das Blut.

Und manchmal treffen sich Blicke voll Gier,
wenn tierischer Dunst die Stube durchweht.
Eintönig spricht ein Knecht das Gebet
und ein Hahn kräht unter der Tür.

Und wieder ins Feld. Ein Grauen packt
sie oft im tosenden Ährengebraus
und klirrend schwingen ein und aus
die Sensen geisterhaft im Takt.

Georg Trakl

Wintergang in a-Moll

Oft tauchen rote Kugeln aus Geästen,
die langer Schneefall sanft und schwarz verschneit.
Der Priester gibt dem Toten das Geleit.
Die Nächte sind erfüllt von Maskenfesten.

Dann streichen übers Dorf zerzauste Krähen;
in Büchern stehen Märchen wunderbar.
Ans Fenster flattert eines Greisen Haar.
Dämonen durch die kranke Seele gehen.

Der Brunnen friert im Hof. Im Dunkel stürzen
verfallne Stiegen und es weht ein Wind
durch alte Schächte, die verschüttet sind.
Der Gaumen schmeckt des Frostes starke Würzen.

Siegfried von Vegesack

Dorf im Bayerischen Wald

Ein Ochsenfuhrwerk knarrt, beladen
mit fettem, festgeklopftem Mist.
Der Weg vom Düngerhaufen bis zum Acker ist
betupft mit Brocken strohvermengter Fladen,
an denen eine mißvergnügte Krähe frißt.

In der vom Backofen noch warmen Asche
badet ein Huhn und plustert das Gefieder
und streckt die steifen Glieder,
daß es noch etwas Wärme sich erhasche.

Da stürmt mit schrillem Kriegsgeschrei –
ein Blitzen von gezückten Säbeln
mit wildem Flügelschlag und zischend vorgestreckten
Schnäbeln
ein Gänseregiment zum Futtertrog herbei,
wo ein gebücktes Weiblein Körner streut.

Vom Wald her glockenklimperndes Geläut
der Herde . . .

Ein armes Land, in harter Fron bebaut:
Felsbrocken, Steingeröll und karge Erde,
von dunklem Wäldermeer umblaut.

Und doch
an stiller Schönheit reich, daß auch dem Fremden noch
es Heimat werde . . .

Siegfried von Vegesack

Kirchweih

Blechmusik dröhnt grell zum Kirchweihfest.
Alte Bauern sitzen steif beim Biere.
Junge Burschen, nackenbreit wie Stiere,
halten Mädchen tanzend fest umpreßt.

Jeder greift die Seine, jede läßt
stumm sich greifen: denn es ist der Ihre.
Jäh im Tanz ein Brüllen wilder Tiere –
und in dunklen Büschen folgt der Rest.

Hinterm Wirtshaus dröhnendes Gebuller,
Kegelschieben, Knallen und Gekuller,
dumpfer Anschlag an der Bretterwand.

Über Blechmusik und Tanz und Lärmen
fallen jäh in aufgelösten Schwärmen
lautlos Sterne in das dunkle Land.

Alfred Lichtenstein

Rückkehr des Dorfjungen

In meiner Jugend war die Welt ein kleiner Teich,
Großmutterchen und rotes Dach, Gebrüll
von Ochsen und ein Busch aus Bäumen.
Und ringsumher die große grüne Wiese.

Wie schön war dieses In-die-Weite-Träumen.
Dies Garnichtssein als helle Luft und Wind
und Vogelruf und Feenmärchenbuch.
Fern pfiff die fabelhafte Eisenschlange –

Georg von der Vring

Dorf bei Nacht

Wie eine ausgehöhlte Frucht,
darin die Kerze scheint,
liegt dort das Dorf in dunkler Bucht,
und alles lebt vereint.

Man trinkt den Wein wie Öl und schweigt.
Der Turm tut seinen Schlag.
Und wird das leere Glas gezeigt,
so ist noch lang kein Tag.

Die Grille sagt den schwarzen Reim,
derweil die Stunde rinnt.
Wer weiterreist, verliert ein Heim,
der weiß nicht was gewinnt.

Johannes R. Becher

Bauernballade

Die Erde war uns eine Last.
Es war die Arbeit uns verhaßt.
  Wofür? Warum? Wozu? Für wen?
  Für fremder Herren Wohlergehn.

Wir gaben unser Letztes her.
Im Grab noch drückt die Erde schwer.
  Wofür? Warum? Für wen? Wozu?
  Und auch der Tote fand nicht Ruh.

Da flog die Herrschaft nächtlich aus.
Verlassen stand das Herrenhaus.
  Wofür? Für wen? Wozu? Warum?
  Es kehrten sich die Zeiten um.

Die Erde wird verteilt gerecht,
sein eigner Herr ist jeder Knecht.
  Für wen? Wozu? Warum? Wofür?
  Wir stehen abends vor der Tür:

Der Wind durch unsre Felder streicht,
es wurde uns die Erde leicht.
  Warum? Für wen? Wofür? Wozu?
  Wir sagen zu der Erde: »Du!«

Du, die uns nimmer ruhen läßt,
gefeiert sei beim Erntefest!
  Warum? Wofür? Wozu? Für wen?
  Für unsres Volkes Auferstehn!

  Für unser aller Wohlergehn!

Georg Britting

Das alte Leben

Noch gibt es Mägde,
die das Kopftuch tragen, und die
silberne Kette am Mieder,
am Sonntag,
und die Knechte glänzen vorm Tor
in weißen Hemden.

Noch schneidet die Sense,
und der Dreschflegel tobt auf der Tenne,
die Henne
gackert eitel im Scheunenstroh –
der Bäuerin ist es Gesang!

Aber die Dorfstraße her
klirrt schon die Mähmaschine,
und der spinnenbeinige Garbenwender –
den Kindern ein Wunder!

Das alte Leben
geht in die schwarzen Täler hinein.
Die Sichel blitzt dort
am Stiegengeländer, neben dem Wetzstein
und die Sonne brütet den süßen
Schnaps aus den Nüssen,
vorm Fenster glüht er im Glas.

Die Verliebten auch,
hungrig nach Küssen,
flüstern die alte Frage,
am Abend,
im Brennesselgarten,
die gern gehörte.

Der unverstörte
Kalender
zählt dort vor sich hin.

Georg Britting

Tirol

Gelbe Hühner, braune Hühner,
und ein weißes kratzt im Staub,
und ein junger, flaschengrüner
Frosch hockt unter Gras und Laub.

An der Straße steht ein Stier.
Mit den weißen, fäustegroßen
kugelrunden, regungslosen
Augen glotzt er her zu mir.

Die Wetterspitz liegt wie ein Tier.
Und mit Augen milchglashellen,
gletscherkühlen, eisesgrellen,
glotzt sie wie der Stier her schier.

Hühner, Kühe, Fichtenzapfen,
und der Bergbach kocht.
Turmuhr sieben Schläge pocht.
In der Stube glühn die Krapfen
braun beim abendlichen Docht.

Josef Weinheber

Durch Bauernland

Ein Streifen Mais, ein Streifen Klee,
Kartoffelfurchen je und je
und Acker braun und Acker rot,
im gelben Mittag reift das Brot,
der Wiesenweg gebändert weiß,
ein Streifen Klee, ein Streifen Mais,
der Jogl zieht am Strick das Kalb,
und Acker rot und Acker falb,
Kartoffelfurchen je und je,
im hohen Hafer äst das Reh,
die reifen Mandeln Reih an Reih,
ein Leiterwagen nahebei,
der Wegerich und Rittersporn,
im gelben Mittag rauscht das Korn,
die Weiden an dem Wasserbug
beschatten kühl den Schnitterkrug,
und Acker falb und Acker schwarz,
im lichten Forste riecht das Harz,
mit Ochsen schwer, der Bauer dran,
geht um die Hufe das Gespann,
geschobert liegt das Heu zuhauf,
Rebhühner stehen knatternd auf,
ein Kirchturm, ein paar Höfe weit
und wieder nichts als Einsamkeit,

ein Streifen Mais, ein Streifen Klee,
Kartoffelfurchen je und je,
und Acker hier und Acker dort,
und an und um und immerfort . . .

Albin Zollinger

Sonntag

Ganz ferne Musik.
Mundharmonika oder Kirchweih.
Es riecht nach Sonne in Sägespänen.
Hemdärmel der Knechte
bauschen sich, Bohnenblüten.
In Kammern tropft Harz.
Vom Sommer der Zeitung
schlummert der Ahn
in bestaubten Kamillen.
Radfahrervereine
läuten schalmeiend vorüber.
Der Biergarten klappert.

Richard Billinger

Die Glockenbuben

Ein Bauer wird begraben.
Die Trauergäste traben
hinter schwarzer Bahr.

Alle Glocken läuten.

Die wir wohl Müh sonst scheuten,
wir Buben, o wie freuten
wir uns auf diesen Tag!

Wir hängen an den Strängen,
wir lauschen vollen Klängen,
es fliegt das helle Haar.
Wir ziehen und wir keuchen,
vom hohen Turm wir scheuchen
der Fledermäuse Schar.

Die Sonne, die muß scheinen,
ob Mann und Weib auch weinen!
Die Glocken klingen klar.
Und an dem Strang wir stöhnen,
auf daß sie jubeln, dröhnen
und allem Leide höhnen
so heut wie immerdar.

Richard Billinger

Gebet der Knechte und Mägde

Von den Bäumen geuß den Schatten!
Aus dem Felsen schlag die Quelle!
Wiesen schenk uns, Feld und Matten
und, ach, eines Hauses Schwelle!

Arbeit gabst du unsern Eltern,
Arbeit schickst du unsern Kindern,
und die Trauben, die wir keltern,
dürfen unsern Durst nicht lindern.

Herr des Himmels, Herr auf Erden,
soll dein Nam uns heilig heißen,
laß uns endlich teilhaft werden
dieser Ziegen, Öchslein, Geißen,

dieses süßen Edengartens,
dieser Äpfel, still gespriesen!
End die Zeit des Harrens, Wartens!
Sense, mähe *unsre* Wiesen!

Theodor Kramer

Der böhmische Knecht

Mit der Rotte hab ich Korn geschnitten
und mich so von Gut zu Gut getrieben;
Sense hat mich in den Fuß geschnitten
und – geheilt – bin ich im Land geblieben.
Vielen Bauern hab ich Roß und Kühe
abgewirtet und das Holz gebunden;
und ich hab mich nur für meine Mühe
neu gewandet jedes Jahr gefunden.

Immer hat im Wirtshaus sich beim Zechen
wer gemuckt, der mir mein Bier nicht gönnte;
und ein andrer hat mir vorgerechnet,
was ich am Tabak ersparen könnte.
Doch der Rausch ist mir mein Recht gewesen
und der Pfeifenrauch die eigne Hütte;
sehr entbehr ich beides, seit ich Besen
binden muß und schon den Kumpf verschütte.

Meine Lungen sind belegt und heiser,
niemand wird mich also freundlich pflegen
wie sie hierzuland die Paradeiser
zwischen Doppelfenstern reifen legen.
Drum im Sonntagsstaat bei voller Flasche
laß ich wiederum die Pfeife qualmen,
weiß die Rebschnur in der Außentasche
und ein Holzkreuz vor den Schachtelhalmen.

Maria Müller-Gögler

Stilles Dorf

Nebel nistet in den schmalen Höfen,
gelbe Lichter blicken heimatwarm.
Drinnen sitzen Kinder um die Öfen,
Katze schläft vertraut im kleinen Arm.

Große Stille. Keine Henne gackert,
Apfel, bratend, singt sein Lied allein,
tritt der Bauer, der noch spät geackert,
schweren Schuhs zu Weib und Kind hinein.

Blassen vollen Mondes, blasser Sterne
Silber rieselt langsam in den Raum.
Auf der Straße, in vermummter Ferne
rast ein Wagen lärmend durch den Traum.

Rose Ausländer

Dorf in der Bukowina

Schwalbennest
unter dem Schindeldach
Flüge blau im August

Kieselgestrüpp
störrische Dornen im Strom
vornübergeneigte Weiden wo
der Kahn an der Kette seufzt

Flogen Flöße vorbei
kämmte Wellen ins Wasser
der Windkamm
kauernd zog der Angler
ein Zappeln herauf

Da waren dem Laub
willkommen die Sänger
Nachtigall du Morgenrotglück
später die Drossel im
Schattengespinst
unverdrossen das süße Trili
und du dunkler Kuckuck
immer dein Ruf

Abendruh auf
rohen Holzbänken. Wortkarg
die Alten. Ein Jüngerer zog
ukrainische Lieder
aus der Harmonika

Wir Kinder
geführt von der Fee
zum Tischlein-deck-dich
oder auf Flügelteppich
in den Orient

Dreh den Ring
wir schwingen schon
zwischen Himmel und Hier

Wilhelm Szabo

Der Scheunenschläfer

Hoch oben im verjährten Heu
ein Schläfer unter grauem Dach.
Der Fugenmond bemalt die Streu
und stumm liegt Raum und Fach.

Der Mond erlischt im Tal.
Die Nächte gehn. Er ruht wie tot.
Durch Luken glüht von Mal zu Mal
das neue Morgenrot.

Ach, was geschieht im toten Dorf?
Es ist ein Nachmittag.
Ein Pflug zerreißt den schwarzen Torf.
Ein greller Hammerschlag.

Die Furche fällt ins Blau
und eine Egge geht.
Das Heu bereitet lau
ein Wind, der zärtlich weht.

Vielleicht ist Sonntag nun
und gelber Kirchenschein.
Und in sein einsam Ruhn
hört er den Täufling schrein.

Es tastet seine Hand
und fühlt ein rostig Erz.
Die Nägel an der Wand
einwachsen in sein Herz.

Und böse Strahlen klirrn
das graue Dach hinab.
Und oftmals wehrt er von der Stirn
die Sonne, heiße Hornis, ab.

Marie Luise Kaschnitz

Notwendigkeiten

Der Acker meiner Heimat
der Apfelacker
ist in Bewegung geraten
schreit seinen Sägeschrei
streckt seine Wurzeln gen Himmel
Löcher wie Granattrichter brechen auf
Grundwasser steigt
spiegelt pathetische Wolken

Für jeden gerodeten Baum
wird eine Prämie gezahlt
wie früher für jeden gepflanzten
wie viele Veränderungen
in einem Menschenalter

Uns vor Augen einmal die Wiese
einmal das Weizenfeld
dann die rosige Blüte
und Äpfel makellos die Klasse A
gepflückt, in Körbe gelegt

Keine Sentimentalität
das sind Notwendigkeiten
der EWG

Nur ich
weil niemand mehr wissen wird
schreibe auf
Golden Delicious, Klarapfel, Coxorange
auch die Birne Vereinsdechant
dazu noch das Vieh auf der Weide
bei Herbstzeitlosen
Pilze in Hexenringen Schafdung
einige gleichfalls verschwundene Schmetterlinge
und das Kinderlied Maikäfer flieg

Denn das Brot meiner Heimat kommt
aus der Brotfabrik
und die Milch meiner Heimat kommt
auf Lastwagen aus der Stadt
die Männer meiner Heimat
fahren zur Arbeit in die Stadt
nur diese Alten
Philemon und Baucis
bücken sich noch
hacken die letzte Rübe aus
graben sie ein
hacken sie aus . . .

Peter Huchel

Die Magd

Wenn laut die schwarzen Hähne krähn,
vom Dorf her Rauch und Klöppel wehn,
rauscht ins Geläut rehbraun der Wald,
ruft mich die Magd, die Vesper hallt.

Klaubholz hat sie im Wald geknackt,
die Kiepe mit Kienzapf gepackt.
Sie hockt mich auf und schürzt sich kurz,
schwankt barfuß durch den Stoppelsturz.

Im Acker knarrt die späte Fuhr.
Die Nacht pecht schwarz die Wagenspur.
Die Geiß, die zottig mit uns streift,
im Bärlapp voll die Zitze schleift.

Ein Nußblatt wegs die Magd zerreibt,
daß grün der Duft im Haar mir bleibt.
Riedgras saust grau, Beifuß und Kolk.
Im Dorf kräht müd das Hühnervolk.

Schon klinkt sie auf das dunkle Tor.
Wir tappen in die Kammer vor,
wo mir die Magd, eh sie sich labt
das Brot brockt und den Apfel schabt.

Ich frier, nimm mich ins Schultertuch.
Warm schlaf ich da im Milchgeruch.
Die Magd ist mehr als Mutter noch.
Sie kocht mir Brei im Kachelloch.

Wenn sie mich kämmt, den Brei durchsiebt,
die Kruke heiß ins Bett mir schiebt,
schlägt laut mein Herz und ist bewohnt
ganz von der Magd im vollen Mond.

Sie wärmt mein Hemd, küßt mein Gesicht
und strickt weiß im Petroleumlicht.
Ihr Strickzeug klirrt und blitzt dabei,
sie murmelt leis Wahrsagerei.

Im Stroh die schwarzen Hähne krähn.
Im Tischkreis Salz und Brot verwehn.
Der Docht verraucht, die Uhr schlägt alt.
Und rehbraun rauscht im Schlaf der Wald.

Peter Huchel

Caputher Heuweg

Wo bin ich? Hier lag einst die Schoberstange.
Und schüttelnd die Mähne auf Leine und Kummet
graste die Stute am wiesigen Hange.
Denn Mittag wars. Bei Steintopf und Krug
ruhten die Mäher müde im Grummet.
Am Waldrand, wo schackernd die Elstern schrien,
stand halb in der Erde ein Mann und schlug
mit Axt und Keil aus Stubben den Kien.
Wann war dieser Sommer? Ich weiß es nicht mehr.
Doch fahren sie Grummet, der Sommer weht her
vom Heuweg der Kindheit, wo ich einst saß,
das Schicksal erwartend im hohen Gras,
den alten Zigeuner, um mit ihm zu ziehn.

Günter Eich

Die Pfarrersköchin

Die Pfarrersköchin schwenkt die Pfanne,
der Teig verteilt sich mit Gezisch.
Hier wartet Eiweiß, Lauch und Fisch,
der Rahm in der Emaillekanne.

Geruch von Rauch und von Gewürzen.
Die Köchin schwitzt im Feuerschein.
Die Gartenarbeit fällt ihr ein.
Die rote Grütze muß sie stürzen.

Sie scheucht die Fliege aus dem Haar
und von den frischgetünchten Mauern.
Der Regen draußen wird nicht dauern.
Wie schnell verging das letzte Jahr!

Der Mesner zieht die Glockenschnur,
im Echo schwingt das Netz der Spinnen.
Unhörbar mahnt im Niederrinnen
der rote Sand der Eieruhr.

Unsere Buchempfehlung:

Eine literarische Anthologie. 360 Seiten, mit 10 Abbildungen, Leinen, DM 39,80 (Preisänderungen vorbehalten).

Postkarte

An das

Rosenheimer
Verlagshaus

Am Stocket 12
D-8200 Rosenheim

Günter Eich

Der Mann in der blauen Jacke

Der Mann in der blauen Jacke,
der heimgeht, die Hacke geschultert, –
ich sehe ihn hinter dem Gartenzaun.

So gingen sie abends in Kanaan,
so gehen sie heim aus den Reisfeldern von Burma,
den Kartoffeläckern von Mecklenburg,
heim aus Weinbergen Burgunds und kalifornischen
Gärten.

Wenn die Lampe hinter beschlagenen Scheiben
aufscheint,
neide ich ihnen ihr Glück, das ich nicht teilen muß,
den patriarchalischen Abend
mit Herdrauch, Kinderwäsche, Bescheidenheit.

Der Mann in der blauen Jacke geht heimwärts;
seine Hacke, die er geschultert hat,
gleicht in der sinkenden Dämmerung einem Gewehr.

Wolfgang Weyrauch

In der Hochzeitskutsche

Denn das Dorf, das war zerrissen,
und das Haus, das war entzwei,
und die Stube war zersplissen,
und im Tisch, da schrie ein Schrei.

Und vom Teller fraß der Kater,
drüber hing die Fledermaus,
und ich suchte meinen Vater,
und ich fand ihn vor dem Haus.

Vater war ein Kehrichthaufen,
Mutter war, ich weiß nicht, wo
fing ich an, im Wald zu laufen,
fand sie nicht in Stein und Stroh.

Kind war in dem See ertrunken,
als die Scholle wimmernd brach,
und ein Tausend war versunken,
und ein Tausend rief sein Ach.

Und der Mann ist mir gefangen,
und ich weiß nicht, ob er lebt,
und die toten Vögel sangen,
und mein Herz, das bebte, bebt.

Und ich ging zu unserm Stalle,
Hochzeitskutsche stand darin,
glücklich waren darin alle,
was ich niemals wieder bin.

Und ich hab den schiefen Wagen,
ohne Rad und ohne Glas,
vor das tote Haus getragen,
in das taube, tote Gras.

Setzte mich in das Gehäuse,
und jetzt bin ich aus der Welt,
warte auf die Fledermäuse,
warte, bis der Klöppel fällt.

Hilde Domin

Apfelbaum und Olive

Ein Trost ist, zu wissen
wo die Tassen stehn und die Teller
in dem Haus, in dem du zu Gast bist,
und einen Anteil zu haben
an der Zärtlichkeit von Katze und Hund
deines Freunds,
und die Tücke des Fahrrads zu kennen
als sei es dein eignes,
auf dem du mit der verblichenen Tasche
in das fremde Dorf fahren darfst,
und die Milch auf dem Weg zu verschütten
als habest du selbst
den Deckel der alten Kanne
vor Jahren
auf diesem Wege verloren.
Du gehst durch das Gartentor
und machst es hinter dir zu,
als stehe die Bank
für dich vor dem Haus,
und siehst die Andern draußen vorbeigehn,
du,
der Wandrer
von Tag zu Tag
und von Land zu Land,
an dem das Wort
von der Flüchtigkeit
allen Hierseins

Fleisch ward.
Du, den jede Wand
aufgibt,
und den es oft nach des Zirkuskinds
fahrbarer Höhle verlangt.

Zwar, der Apfelbaum und die Olive
sind überall dein,
und in fernen Ländern
schiebt man dir einen Stuhl an den Tisch
an der Seite der Hausfrau,
und jedes gibt dir von seinem Teller
wenn die Schüssel schon leer ist,
als habe ein Kind sich verspätet,
nicht als kämest du eben vom Flugplatz.
Und die dunkeln Mangobäume
und die Kastanien
wachsen Seite bei Seite
in deinem Herzen.

Du weißt, wie die hohen Gräser
an den Rändern der Inseln rascheln
in allen südlichen Meeren,
wie staubig die Kaktuswege sind,
und du gehst durch die schaumigen Wiesen und kennst
ihren bunten Kalender.
Du spielst mit dem Wind
und bläst die hellen Kugeln
des Löwenzahns in die Luft
und siehst dem Schweben
der kleinen weißen Schirme mit zu
– so leicht, so widerstandslos vor dem Wehn

wie du selbst.
Irgendwo
dürfen sie landen.

Dann fährst du die Straße hinab
als glittest du auf einem Schlitten
an den Pappeln vorbei
in die Abendsonne.
Ein Reh tritt aus dem Wald,
und eine kleine Kirche auf einem Hügel
mit einem einsamen Kirchhof
winkt dir zu.
Du wägst ihren Gruß
wie eine Einladung,
die man eines Tages
– noch ungewiß, wann –
vielleicht gerne
annehmen möchte.

Und daran erkennst du,
daß du
hier ein wenig mehr
als an andern Stätten
zuhaus bist.

Johannes Bobrowski

Dorf

Noch die Fremde
wie Pauken, fern.
Ich komm einen Weg.
Unter der Feldbirke draußen
der Hirt, im Laubgeräusch, einer Wolke
Regenlaut. Gegen Abend
ein Lied aus langen Tönen,
ein stilles Geschrei
bei den Büschen.

Dorf, zwischen Moor und dem Strom,
rauh, deiner frühen Winter
Krähenlicht, um die Erlen
der Weg, der verwuchs, die Hütten,
weich, die der Torfrauch
färbte und Regen, du
mein unendliches Licht,
mein glanzloses Licht,
an die Ränder geschrieben
meinem Leben, du Altes:

Bild des Jägers, zaubernd,
tierhäuptig,
gemalt in die eisige
Höhlung, im Fels.

Johannes Bobrowski

Dorfkirche 1942

Rauch
um Schneedach und Balkenwand.
Über den Hang hinab
Krähenspuren. Aber der Fluß
im Eis.

Dort
Aufschein, zerstürzt
Stein, Gemäuer, der Bogen,
geborsten die Wand,

wo das Dorf stand
gegen den Hügel, der Fluß
sprang im frühen Jahr,
ein Lamm, vor der Tür,
eine runde Bucht
war für den Wind,

der auf den Höhen umher
geht, finster, der eigene
Schatten, er ruft, rauhstimmig
die Krähe
schreit ihm zurück.

Rainer Brambach

Frostbeulengedicht

Die windgebeizten Hütten
sind krumm im Eis gefangen.
Die Schindeldächer schütten
Kristall in leere Bütten
die bei der Traufe hangen.

Durch tiefer Täler Sohlen
gehn Menschen klein wie Wanzen
die schmale Wege stanzen
um Brennholz heimzuholen
durch starrer Wälder Lanzen.

Und hinterm Ofen japsen
die Hunde mit den Zungen.
Zwei alte Männer tapsen
ins Dorf um schwer zu schnapsen
zum Wohl der armen Lungen.

Die Tage sind metallen.
Sie klingen kurz und trocken
bis die Lawinen fallen
die sich am Abhang ballen
und auf den Felsen hocken.

Ilse Aichinger

Ortsanfang

Ich trau dem Frieden nicht,
den Nachbarn, den Rosenhecken,
dem geflüsterten Wort.
Ich hörte,
daß sie die Häute an die Schlinge legen,
daß sie die Bänke kippen vor dem Winter,
ihre Jauchzer flogen
zum Schlaf gerüstet
durch Schul- und Kirchenhäuser
auf und fort.
Wer erwartet noch die Vögel,
die bleiben,
den Rauch übers kurze Gras?

Ilse Aichinger

Ortsende

Das Dorf streicht weg,
gebt ihm den Abschied,
ermattet und zergraben
laßt es liegen,
so, bleischwer,
die Traufen offen, trocken,
von der Sonne festgerammt,
nichts hoch am Himmel,
die letzte Schabe,
die vor der Sintflut
ohne Noah Rettung fand,
kriecht in den Tümpel,
der neue Zöllner lacht.

Hans Bender

Mein Dorf

Wo sind die Gärten?
Wo die Brunnen,
der Bach, der Teich,
die Frösche,
die liebestollen?
Wo der Rauch,
senkrecht,
über den Dächern?
Wohin die Kinder,
die meinen Namen riefen,
langgezogen?
Andere wohnen
in unserem Haus.
Wie ein Fremder
werde ich bewirtet.
Junge Leute
gehen vorbei.
Sie grüßen nicht.
Wer älter wird,
entfernt sich.
Nein, ich darf
nicht wiederkommen.
Lebewohl!

Margarete Hannsmann

Erntedankfest 1973

Noch einmal liegen auf der Erde
runde und spitze Köpfe weiß
ausgeschält zwischen grünen Blättern

Frauen über Stauden gebückt in Röcken
nehmen noch einmal mit uralten
Bewegungen Kartoffeln heraus
die sie im Frühjahr legten

im Gestank der Auspuffgase
straßenentlang unter niedergehenden
startenden Düsenjets

schon ein Baggermaul
neben sich
die Reste der Ernte
beiseitezuschieben
am Horizont Planierraupen-Aufmarsch

Rentabilität
Profit

unser betoniertes Leben
unser betonierter Tod

muß gemischt gepumpt transportiert werden
ausgeteilt gemanagt verwaltet

neue Fabriken
Arbeitsplätze
neue Straßen ihn zu uns
uns zu ihm zu bringen

Alexander Xaver Gwerder

Dörfliche Motive

Der Berg hat einen roten Bart,
mit dem er morgens die Kinder schreckt.
– Denn mitten im Wald, mit Moos bedeckt,
sei nachts die Sonne aufgebahrt . . .

Ein Heimchen hüpft durch aufgehängtes Linnen.
Mal da, mal dort ein gläsernes Gespräch –
Doch dann, als ob das Netz aus Worten bräch',
pflückt eine derbe Hand vom Weiss der Zinnen.

Die Hand im Gras, den Kopf auf einem Kissen,
schläfst du zwischen Wagen und Gebälk –
Die Wolke blendet, und so rosenwelk
wird dein Mund verwehte Streue küssen.

Ganz plötzlich, abends beim Kaffee,
schwingt leicht dein Herz sich übers Dach,
läuft querfeldein bis an den Bach –
Der Bauer meint, es wär ein Reh . . .

Ernst Jandl

auf dem land

rinininininininininDER
brüllüllüllüllüllüllüllüllEN

schweineineineineineineineinE
grunununununununununZEN

hunununununununununDE
bellellellellellellellellEN

katatatatatatatatZEN
miauiauiauiauiauiauiauiauEN

katatatatatatatatER
schnurrurrurrurrurrurrurrurrEN

gänänänänänänänänSE
schnattattattattattattattattERN

ziegiegiegiegiegiegiegiegEN
meckeckeckeckeckeckeckeckERN

bienienienienienienienienEN
summummummummummummummummEN

grillillillillillillillillEN
ziririririririririrPEN

fröschöschöschöschöschöschöschöschE
quakakakakakakakakEN

hummummummummummummummummELN
brummummummummummummummummEN

vögögögögögögögögEL
zwitschitschitschitschitschitschitschitschERN

Walter Gross

Mannenbach

Im Hohlweg öffnet sich dir der Blick:
das bäuerliche Dorf, die Pappeln, der See:
ein Winterbild, kalt, zart und säuberlich,
so hat es Adolf Dietrich gemalt.

Mit dem Holunder an der Hauswand,
mit der Schneeballbeere,
die zwischen deinen Fingern platzt,
kehrt die Kindheit zurück.

Das Eis splittert in den Brunnentrögen
unter den Tritten grober Schuhe,
im Wasser erscheint eine kalte Sonne
und blendet –
unentrinnbar wird, was war.

Heinz Piontek

Mittags durchs Dorf

Wanderschaft unter verdorrenden Eschen,
die Kornrade welkt.
Hinter der Schenke wächst der Lattich
im Verborgenen.
Manchmal fallen die Vogelbeeren
auf Spuren im Staub.

Der Ententümpel ist ausgetrocknet.
Seine leere Ledertasche
schiebt der Postbote auf den Rücken,
den letzten Brief hat der Wirt erhalten.
Der Duft der Kamille schmeckt heiß und bitter.

Verlassen hängt über der Stalltür
das Nest der Rauchschwalbe.
Die Bäuerin tritt mit dem gelben Henkelkorb
aus dem Tor. – Es ist Mittag.
Die Schnitter warten im Garbenschatten
auf Brot und Milch.

Wolfgang Bächler

Verlassenes Bergdorf

Hier schlagen seit Jahren die Türen im Wind.
Gott geht durch die leeren Häuser
und sucht nach den Menschen.
Er findet am umgestürzten Kreuz
seinen Sohn, der die Erde küßt,
mit ausgebreiteten Armen,
den Leib vom Unkraut bedeckt.
Niemand betet ihn an.

Im Schoß der Madonna sitzt er
noch einmal als ewiges Kind,
von einer Schlange umrollt.
Die Mutter hat ihren Kopf verloren.
Geißblatt wächst um die Faltenwürfe
über den Hals, die Wunde.
Um den Kopf ist Gras gewachsen.
Hat er unter der Erde
einen neuen Leib gefunden?
Gehört er anderen Mächten?

Gott geht vorbei in die Gärten und Höfe,
die Ställe, Scheunen und Stuben.
Kein Vieh ist da mehr, kein Bauer,
kein Knecht, keine Magd, kein Kind.
Doch fliegen nun Vögel ein und aus
und nisten über erkalteten Öfen,
in Nischen und Herrgottswinkeln.

Spinnen überwandern die Wände,
Wespennester hängen an Lampengerüsten.
Die Lichter gingen für immer aus.

Rost frißt sich durch Schlösser,
die Riegel, die Angeln der Türen
bis zu den Küchenherden weiter.
Moos wächst über die Schwellen
und Flure als neuer Teppich
in Zimmer. Insektenschwärme
lassen sich nieder, Ratten und Mäuse.
Holzwürmer nagen an Treppengeländern.
Sie werden die Balken der Dächer erreichen.

So ernährt das Dorf noch viele Bewohner.
Nur die Menschen kehren nicht wieder.
Und der Gott, den sie erschaffen haben,
der Gott, den sie verlassen haben,
dieser Gott, der die Tiere nicht braucht,
sucht Menschen.

Ingeborg Bachmann

Von einem Land,
einem Fluß und den Seen II

Im Frühlicht rücken Brunnen in die Mitte,
der Pfarrer, das Brevier, der Sonntagsstaat,
die kalten Pfeifen und die schwarzen Hüte,
Leib, Ehr und Gut vor allerhöchsten Rat.

Untätig steht der Fluß, die Weiden baden,
die Königskerzen leuchten bis ins Haus,
das schwere Essen ist schon aufgetragen,
und alle Sprüche gehn auf Amen aus.

Die Nachmittage, hell und ungeheuer –
die Nadel springt im Strumpf, Gewöll zerreißt,
und das Geschirr der Pferde wird gescheuert,
bis eins erklirrt, mit dem Fallada reist.

Die Alten liegen in den dumpfen Stuben,
das Testament im Arm, im zweiten Schlaf,
und ihre Söhne zeugen wortlos Söhne
mit Mägden, die der Gott als Regen traf.

Gestillte Lippen und gestillte Augen –
die Raupen hängen eingepuppt im Schrein,
und Dunggeruch steigt mit den Fliegentrauben
bei früher Dämmrung durch die Fenster ein.

Am Abend Stimmenauflauf an den Zäunen,
Andacht und Rosen werden laut zerpflückt,
die Katzen scheuchen auf aus ihren Träumen,
und rote Mieder hat der Wind verrückt.

Die Zöpfe lösen sich, die Schattenpaare
im Nebel auf, vom nahen Hügel rollt
der unfruchtbare Mond, besetzt die Äcker
und nimmt das Land für eine Nacht in Sold.

Günter Kunert

Wohnen auf dem Lande

Über die Natur gibt es ja
nicht mehr viel zu sagen:
Jeden Morgen um neun
erscheinen drei Rehe
in Blickweite: Eine Weile
sehe ich ihnen durchs Fenster zu
bevor ich abschalte

Hans-Jürgen Heise

SchimmelundLene

Die betrunkenen Speichen der Räder
abends wenn der Vater zurück
nach Grumsdorf Abbau fährt
den Mond als letzten
Groschen in der Tasche

Die Frösche in den Gräben
quaken dem sandigen Kartoffelboden
etwas Grünes vor
und die Eisenbahnschienen kreuzen
die Wut des Bauern
der in seinem Schlaf aus Fusel
die Kühe im Stall
wieder mit der Forke traktiert

Die tote Frau und die Stute
die den Hengst nicht will
die Magd und Berta
die Tochter

Wüßten die Pferde jetzt nicht
wie sie heißen
SchimmelundLene
der Wagen käme womöglich
ab von Zügel und Weg

Hans-Jürgen Heise

Bauernhochzeit

Der Sommer den ich in mir trage
ist eine Ausgeburt des Schnees
vom dritten Tag der Bauernhochzeit
auf der die Schulden meines Vaters
die Mitgift einer Berta freiten
die hier aus Grumsdorf Abbau stammte
und selbst im Schlaf noch linksrum tanzte

Das ganze Haus war voll Musik
Die Speisekammertür stand offen
so wie die andern Türen auch
durch die die Paare lustig stampften
von einem Schnaps zum nächsten Bier
Die Speisekammertür stand offen
Das ganze Haus war voll Musik

Der Himmel draußen schwer von Schnee
verklumpte mir die Luft beim Atmen
Der ganze Hof war voll Musik
die brüllte wie im Stall die Kühe
Die Speisekammertür stand offen
Die Mitgift tanzte linksherum

Zu mir ins Holzklo kam der Wind
durch breite Ritzen und er biß
mir in den dummen Kinderarsch
ganz wie auch sonst die vielen Ratten

in meiner Angst mich immer bissen
Der Schleifstein sah sehr komisch aus
mit seinem Häubchen das so hoch
fast wie der Schornstein drüben war

Allein nach Bublitz aufzubrechen
stieg ich den Rübenhügel rauf
Und mit der Stimme eine Kalbes
hörte die Magd mich abends rufen
tief in der Grube in der Wehe
die mir bis an die Schultern ging
(das ganze Haus war voll Musik
die Speisekammertür stand offen
so wie die andern Türen auch)

Der Schnee war naß die Grube tief
als ich den Weg nach Bublitz suchte
am dritten Tag der Bauernhochzeit
auf der der Smoking meines Vaters
von einem Bier zum nächsten Schnaps
die Mitgift linksundlinksrum schwenkte

Jürgen Becker

Wiedersehen nach längerer Zeit

In diesem Dorf, diesem Vorort geht es
gut weiter. Die zweite Anbindung an die Autobahn
hat die Hauptstraße entlastet; Platz für
die Mofas der Kinder. Der letzte Bauer
verkauft nacheinander seine Parzellen;
über den Quadratmeterpreis wird nur gemunkelt;
auf der Bachaue jetzt ein Sportpark
mit Kegelbahn, Tennishalle und Discothek.
Der Pfarrer kämpft gegen den Unternehmer,
der sein Mietshaus genau auf die Grenze
zum Kirchgarten gesetzt hat; wie es passieren
konnte, versteht keiner, der nicht
die Beziehungen des Unternehmers kennt.
Einige leerstehende Häuschen, vorgesehen
zum Abbruch, mit den verwilderten Gärten
drumherum das Gelände für den dritten
Selbstbedienungsmarkt. In der Luft immer
das Geräusch der Autobahn; mit ihrer
haushohen Trasse umgibt sie den Ort
wie ein Wall, wie ein Damm
gegen Feinde und Katastrophen.
Immer noch, von morgens bis abends, sitzen
hinter der großen Frontscheibe des Altenheims
alte Frauen. Einige schlafen; eine schüttelt
den Kopf; einige warten auf Sonntag und Besuch;
eine winkt, auch wenn niemand vorbeikommt.

Fritz Deppert

Auf dem Land

Kühgemuh, Hundgebell,
das Heu riecht
als läg es auf dem Tisch
zwischen Brot und Wein.
Wie's Wetter morgen wird?
Konversation durch's offene Fenster.
Die streunende Katze
zeigt die gefangene Maus
und fordert Milchtribut.
Sie dankt mit gekrümmtem Buckel.

Traktoren geben Lichtzeichen.
Der letzte Schluck Wein,
die Milchstraße,
die Eintagsfliege,
sie steigern die Stille.
Nur auf dem Bildschirm fallen Schüsse.
Um uns zwischen Tal und Berg
ist Schonzeit.

Günter Herburger

Heimat

Dort, wo ich geboren wurde
und immer wieder einkehre,
während mein Herz pocht und die Erinnerung
verlorene Bäume und Zäune zählt,
den Flug der Krähen ums Rathaus
kritischer betrachtet, als hätten
diese Vögel früher mehr Kraft gehabt,
dort nennt meine Mutter mir
ihre Gebrechen und die neuesten Toten;
dort esse ich, was mir nicht schmeckte,
jetzt ohne Widerspruch, während mein Bruder
nicht mehr spürt, seiner Tochter
eine Zopfmasche eindrehend,
daß er ihr wehtut;
dort geht mein dicker Freund,
neben dem ich in der Schulbank saß
und der mich oft schlug,
torkelnd nach Hause und schreit,
bis die Polizei ihm eine Spritze gibt;
dort verbünden sich die Anderen
auch nur nachts mit den Armen,
fallen sich um die Hälse
und blicken ihren Träumen nach;
dort bedeutet, Metzger zu sein,
der von Hof zu Hof fährt, das Vieh schlachtet,
mit dem Beil teilt und die Hälften
an die Nägel des Scheunentors hängt,

noch ein ehrenwerter Beruf;
dort bleiben die Jahreszeiten aneinandergereiht
gleich den Sprüchen des Bauernkalenders,
auch für Abweichungen gibt es alten Bescheid;
dort glaubte ich einst, die Beine
von Flamingos im Flußbett gesehen zu haben,
obwohl es nur Bachstelzen waren,
erregt von Stein zu Stein springend
zusammen mit Sonnenstrahlen,
gefangen in einem Netz
aus Übermut und Zärtlichkeit.

Reiner Kunze

Wo wir wohnen
(für Felix, den enkel)

Dort wo am morgen der hahnenschrei
die autos im tal
um ein winziges übertönt

Um ein winziges

Komm, dem hahn zu helfen

Reiner Kunze

Bauernhaus von hinten

Über dem klatschmohn der hahnenkämme
die gute stube für die nacht

Nie berührt von der sonne
wie das innere des beichtstuhls

Die heilige jungfrau tastet mit den zehen
das licht der kissen

Ein hauch von moder
erinnert ans nichtauferstehen

Das fenster lüftet vergebens,
und der sommer wärmt nicht durch

Ansgar Hillach

Lähn am Bober

Der Name im Polnischen
war wiederzuerkennen: Wleń
mit Vorschlag, rein klanglich hätt er
der Tante den Pulsschlag erhöht.
Nicht das Haus, das Spalier, der
Wasserspeier (doch, tatsächlich den
hat's hier gegeben)
riefen mich an aus der magischen Zone,
das Nachhampeln fingriger Takte
aus Tantes Klavierstunden
wenn ich zu Bahndamm und Tunnel
mich fortstahl, das
geisterte nicht am Gittertor.
Kaum ein Ort, der nicht Kindheit
an Kriegsende knüpfte:
der Tunneleingang – durch Sprengung verschüttet –
nun wieder jäh und dunkeloffen,
der Flußsaum – die hingesackten Deserteure.
Geheimnisse damals: der erbrochne Sarkophag
was die wohl mit der Spitzhacke
im Knochengedärme –
Aber im Schilfbruch, Stromerland
ob ich schon wüßte
wie die Erwachsenen . . .
Wo denn. Abgebrannt die Sägemühle,
das fraß
ein Loch ins Flickenkleid,

vielleicht hier, aber
das ist doch ein Puzzle.
Das Pfarrhaus, mit Wirtschaftshof,
zwei Rind, paar Hühner, die Verschläge
jetzt komm ich
der Geschichte schon näher.
Die Kirche, hier hab ich
beim deutschen, dann polnischen Pfarrer
gemeßdienert,
auf dem umlagernden Friedhof
Kreuzstange gehalten an unzähligen
offenen Gräbern – mein Gott, was
erlaub ich mir.
Der Kirchraum, hier setz dich, das
ist der Moment.
Nie kam ich mit der Klingelbeutelstange
zurecht, eben genau diese Bänke.
Die Kanzel, das Spalier
der Heiligen unter den Fenstern,
gemalte Augen, Sinngesichter
geht das noch so
auf du und du –?
Aufstieg zum Lehnhausberg
deutsche Grabsteine in Halde,
am Weg einer, fast überwuchert:
»Ihr erloschenen Augen,
Was je ihr gesehn,
Es sei wie es wolle ...«
Ein Photo – das
durfte nicht untergehn.

Sarah Kirsch

Tempus hibernum

Wenn die Verzauberung nachläßt der Frost
eine Pause macht Kräfte sammelt die Wiesen
fast wie im Sommer liegen der Schnee
ein dreckiger Rest ist auf glänzenden Teichen
Schmelzwasser steht wenn das Dorf
seine Stalltüren öffnet die vorjährigen Kälber
einen Nachmittag traben dürfen und es rundum
nach Mist Kuhstall und Maismieten riecht
wenn die Bauern im Wald Holz schlagen die Spechte
im Garten versammelt sind die Sonne bedächtig
und eingeschrumpft im immerwährenden Nebel
hinfällig doch früher den Gang in den Äther wagt
eine Dorfausgabe eine einfache nützliche
Sonne von der man noch hören wird
wenn die Felder ihre Vornehmheit ablegen
die Verwahrlosung sich herzeigt zusammengestürztes
Gewöhnliches Dasein Mistfladen vom vergangenen
Sommer
an Ort und Stelle erscheinen Baumruinen
unter tollwütigen Wolken vagabundieren
die schwarzen Seelen der Krähen
Auffahren im Wind wenn das Leben
also eintönig trist und vulgär ist
unter unholden mürrischen Menschen bin ich
froh in landläufiger Gegend.

Sarah Kirsch

Im Sommer

Dünnbesiedelt das Land.
Trotz riesiger Felder und Maschinen
liegen die Dörfer schläfrig
in Buchsbaumgärten; die Katzen
trifft selten ein Steinwurf.

Im August fallen Sterne.
Im September bläst man die Jagd an.
Noch fliegt die Graugans, spaziert der Storch
durch unvergiftete Wiesen. Ach, die Wolken
wie Berge fliegen sie über die Wälder.

Wenn man hier keine Zeitung hält
ist die Welt in Ordnung.
In Pflaumenmuskesseln
spiegelt sich schön das eigne Gesicht und
feuerrot leuchten die Felder.

Sarah Kirsch

Das Dorf

Am Abend war die Stille vollkommen.
Die Grillen verstummten in ihren Löchern
auf dem Hügel die Eiche
stand schwarz vor lackrotem Himmel.

Da kam ich ins Dorf aus dem Moor.
Ging übers glänzende Stoppelfeld
Stern und Steine leuchteten hell
in den Häusern flammte das Licht auf.

Zermahlener Staub auf der Straße.
Knöterich unter den Füßen
reichte von Tür zu Tür, ein Sommertagteppich.

Thomas Rosenlöcher

Gehöft

Tritt in den Hof. Der Pflug,
umwuchert, sinkt in die Erde, das Fuhrwerk
fährt auseinander, unmerklich, die Pferde
nicken in ihrem Grab.
Füll deine Taschen, der Birnbaum
wird bald gestürzt sein, das Haus,
erdsüchtig, ging schon in die Knie.
Steige durch die zerbrochenen Wände,
entfach im geborstenen Herd
ein Feuer, sei furchtlos, der neben dir hockt,
starb längst, du kannst mit ihm schweigen,
während der Himmel über euch steht,
den Schädeldächern ein Dach.

Ludwig Fels

Sonntagsgedicht

Die Glocken wecken die Hähne
die Bäume hörn zu
kühl liegt man in den Kissen
und spürt sein wachsendes Herz.
Dann kommt Gesang durch den Garten
dankbares Geschrei
und die Oktoberwolken wälzen sich im Licht
die Männer sind rasiert
die Frauen duften nach Wasser.
Nichts Schöneres
als ein Sonntagmorgen auf dem Dorf
ein bißchen heidnisch, etwas stiller Glanz
Handtücher wehn wie Fahnen.
Die Fliegen sterben an den Wänden
den Spinnen wächst ein Pelz
die letzte Biene friert an Fenster
und das gefallne Laub
wärmt rot die Gräber.
Wenn dann die Sonne flackert
bricht sich das Grün am Fleisch
an den Eutern der Kühe perlt Mehltau
und ein Schatten zerreißt der Wind.

Bernd Jentzsch

Das Dorf

Von weitem das Dorf, im Staub Brandenburgs ein Wurf Häuser, Gärten und Hecken, die Zufahrtswege, das ist nichts für euch, zerschnitten von Schlagbäumen, einsam wie eine Einsiedelei und gehütet wie der Augapfel, fremdartiger als der Mond, die künstliche Insel der Seligen, von sich selbst umzingelt wie eine Schlinge, Kokon, der sich nicht entwickelt, aber entpuppt, das ist nichts für euch, die verbotene Stadt, die Vorboten des Frühlings, hier sind es Leuchtkugeln, Hubschrauber statt Hummeln, wie Ameisen die Instandhaltungstrupps, nirgendwo Verfall, alles in Schuß, schußbereit, und das ist für euch, die Radarüberwachung, die Umgehungsstraße.

Bernd Jentzsch

Der Ort

Wo ich über Zäune kletterte,
die Taschen voller Kirschen,
wo ich Schätze suchte,
kühle Kiesel mit den Adern der Erde,
Mehlfesseln fürs Blasrohr aus Holunder,
Schneckenhäuser, grüne Scherben, blaue,
wo ich den jungen Vogel begrub hinterm Regenfaß,
drei Sprünge über sein Grab, damit er mich höre,
wo ich Winnetou war,
wo ich Sherlock Holmes war,
wo ich am Bach saß und auf den Wassermann wartete,
wo ich die Stichlinge im Bach für Hechte hielt,
eine Sonnenfinsternis für den Weltuntergang,
den nächsten Morgen für ein Wunder,
wo ich die erste Zigarette rauchte mit zwölf
im Fahrradschuppen vor der Schule
an einem todlangweiligen Nachmittag,
ich machte zwei kurze Züge und hatte genug,
wo das Hochwasser stieg und stieg,
und der Hund an der Kette an seiner Hütte
tat mir so leid, aber jemand schnappte mich
grade noch am Hosenboden,
wo ich einen Mann kannte, der Blut spuckte,
wo die Hühner Hubschrauber waren,
nachts lag der Startknüppel unter dem Bett
wo die Wiesen dottergelb waren im Mai,
wo es schön war,

wo ich klein war und dann auf einmal groß,
wo jetzt eine alte Frau wohnt,

die schlechte Augen hat und gut sieht,
wenn die Kinder ihren Kirschbaum plündern,
und sie verscheucht sie wie Amseln
und ruft sie alle mit meinem Namen.

Zu diesem Buch

Mein Dorf. Auch so könnte der Titel dieses Buches heißen. In den Gedichten aus mehr als zwei Jahrhunderten finde ich, geboren und aufgewachsen in einem Dorf der Hohenloher Ebene, mein Dorf wieder.
Das Lob des Landlebens aus dem fernen 18. Jahrhundert entspricht meinen verklärten Kindheitserinnerungen: das Dorf – eine Idylle. In diesem Sinne ist der Titel »Dorfgedichte von der Romantik bis heute« zu verstehen. Hier sollte der Begriff »Romantik« nicht mit dem gestrengen Maßstab der Literaturgeschichte gemessen werden. Romantik ist vielmehr im ganz ursprünglichen Sinne gemeint: Matthias Claudius, Gottfried August Bürger und ihre Dichterfreunde zeichnen liebevolle, »romantische« Bilder vom Dorfleben, die das Gemüt ansprechen.
Was die Idylle stören könnte, bleibt bei ihnen zumeist ausgespart. Es ist kaum die Rede von der Härte der Arbeit, nicht von der geringen Lebenserwartung der Landleute, von der Arbeitslosigkeit der Landarbeiter im Winter. Die Willkür der Durchlauchtigen Herren wird selten erwähnt.
Wohl aber – mein Dorf! – kommen in den Gedichten vergangener Zeit die Störche. Die frische Butter und die Milch schmecken unterm Apfelbaum, auf Silberkieseln schleicht ein Bach mit Fischchen am Grunde. Im Hühnerhof werden die Hühnerchen alle Morgen gespeist, der Erntewagen schwankt hinter nickenden Pferdeköpfen.
Mein Dorf macht mir die Erinnerung schwer. Es ist jetzt

kanalisiert, motorisiert und rationalisiert. »Über die Natur gibt es ja nicht mehr viel zu sagen«, schreibt Günter Kunert.
Viel zu sagen allerdings gibt es gegen den letzten Anschlag auf mein Dorf, für den das Versagen und die Hilflosigkeit planerischer Bürokratie den Begriff »Stillegung« gewählt haben.
Die Gedichte in diesem Buch sagen viel, sagen alles gegen die Stillegung des Dorfes.

Fritz Pratz

Inhalts- und Quellenverzeichnis

Verlag und Herausgeber danken Verlagen und Rechteinhabern für erteilte Abdruckgenehmigungen. In einigen Fällen war es nicht möglich, den Inhaber der Rechte ausfindig zu machen beziehungsweise zu erreichen. Der Verlag ist selbstverständlich bereit, geltend gemachte rechtmäßige Ansprüche nach den üblichen Honorarsätzen zu vergüten.

Autorenverzeichnis

© 1988 ISBN 3-475-52585-2

Dieses Buch erscheint in der Reihe »Rosenheimer Raritäten« im Rosenheimer Verlagshaus Alfred Förg GmbH & Co. KG, Rosenheim.
Es wurde gesetzt aus der Sabon von Leingärtner in Nabburg, gedruckt und gebunden von Clausen & Bosse in Leck.
Den Umschlag gestaltete Ulrich Eichberger, Innsbruck. Er verwendete dabei einen Ausschnitt des Gemäldes »Burg von Kallmünz« aus dem Jahre 1928 von Constantin Gerhardinger (1888-1970). Herrn Dr. Faußner, München, sei für die Überlassung der Reproduktionsvorlage gedankt.